Profumo di sole e mare

Parole d'amore alla mia seconda patria

Dorothee Klein

Vita

Dorothee Klein visita Taranto da 48 anni.

Nel 2000 ha fondato, insieme a suo marito, l'Associazione Culturale Italo-Tedesca di Leverkusen, di cui è Presidente ed è da tanti anni membro del comitato consultivo della EU (MFE) sezione di Leverkusen. Come presidente dell'Associazione ha accompagnato numerosi gruppi in Puglia, specialmente per la Settimana Santa a Taranto.

Scrive da tanti anni discorsi ed organizza conferenze sull'Italia per i suoi concittadini. Qualche anno fa ha allestito una rassegna fotografica a Taranto presso Nicola Giudetti col titolo "Taranto con gli occhi miei". Con questo titolo ha scritto anche un libro in due lingue – che non è stato stampato per il costo.

Recentemente ha scritto poesie e storielle ambientate in Puglia e raccontate come una dichiarazione d'amore alla sua seconda patria.

Profumo di sole e mare

Parole d'amore alla mia seconda patria

Dorothee Klein

Ringrazio la mia amica Antonietta D'Oria
di Alberobello per la sua gentile traduzione.

L'opera è protetta in tutte le sue parti da copyright. Sono proibiti e puniti l'uso e la riproduzione dell'opera senza il consenso dell'autore. Tutti i diritti, comprese ristampe parziali e traduzione, sono riservati. Senza espressa autorizzazione scritta dell'autore l'opera non può essere, neppure in parte, riprodotta, trasferita o copiata, ad esempio manualmente o con sistemi elettronici, compresa la fotocopia, la registrazione e la memorizzazione dei dati su nastro. Le trasgressioni sono passibili di risarcimento danni.

Tutte le informazioni contenute nel libro, i risultati, etc., sono stati inseriti dall'autore in buonafede. Essi non sono soggetti ad alcun impegno o garanzia. Eventuali discrepanze esistenti sono dovute alla fantasia dell'autore. Pertanto egli declina ogni responsabilità per le possibili inesattezze.

Informazioni bibliografiche della Deutsche Nationalbibliothek: La Deutsche Nationalbibliothek registra questa pubblicazione nella Bibliografia Nationale Tedesca, i dati bibliografici in dettaglio si trova nell'internet http://dnb.dnb.de.

© 2013 Dorothee Klein
Foto: Dorothee Klein
Traduzione: Antonietta D'Oria
Correzione: Anna Candeloro
Edizione tedesca Wagner Verlag 2012

Prodotto dalla Casa Editrice: BoD – Books on Demand

ISBN: 978-3-7322-3001-3

A mio marito,

che in tutte le mie imprese,
in tutte le mie idee
mi ha costantemente consigliata,
non mi ha mai dissuasa
e mi ha sempre sostenuta amorevolmente.

A mio padre,
al quale devo il mio talento.

A mia madre,
che amava così tanto la Puglia.

Grazie.

30 novembre 2011

Andare a casa!

Andare a casa! Sognare …
Nel freddo e grigio inverno in Germania sentire il mare blu … Tutto solo nei pensieri.
Perchè andare a casa? Ci sono già, qui in Germania, con la mia famiglia. Qui sono le mie radici, il mio passato, il mio futuro …
Forse.
Per lo meno non totalmente. Casa è anche l'Italia, la mia bellissima Puglia, la mia Taranto. Da più di 45 anni. Anche se sono a casa mia in Germania, una parte di me vive nel mio splendido paradiso blu a Lido Silvana, nella mia stanzetta di bambola, dove la mia anima può riposare, dove riacquisto le forze per affrontare i freddi giorni invernali.

Più di 45 anni …
Mezza vita, gran parte del mio passato, dei miei ricordi, dei miei sentimenti …

E' cambiato così tanto per me in tutti questi anni. Sono diventata ciò che i miei amici italiani chiamano 'metà e metà', non più una tedesca vera e propria, bensì italiana per metà. La Tarantina adottata, come dicono loro.
Allora, alla tenera età di 15 anni appena, me ne stavo scalza con i capelli al vento sugli scogli aguzzi e guardavo il blu immenso in questo singolare miscuglio di cielo e mare, che non avrei mai compreso e mi perdevo con la mia anima in questa terra. Così come sempre mi perderò e mi innamorerò.
E' cambiato molto e niente. La natura selvaggia dei primi anni ha lasciato il posto allo sviluppo turistico, da me più odiato che amato. E al periodo ricco ora segue nuovamente

quello povero, che forse preferisco, perché più naturale e più vero. Tuttavia dove una volta c'era solo paesaggio, non sempre bello ma naturale e incontaminato, ora ci sono costruzioni. Oggi molte case sono vuote, ruderi di costruzioni, abbandonati a causa della mancanza di denaro o della licenza edilizia.

Vedo la sporcizia e gli sforzi spesso infantili nella lotta per combatterla, tentativi inutili, quando si tratta del proprio tornaconto, nelle questioni relative alla plastica, ancora irrinunciabile negli scambi italiani. Sento i suoni, che non sono cambiati e i cui contenuti si sono adeguati alla moda così come l'abbigliamento, le automobili, le acconciature. E ho nel naso l'odore del fuoco che ha bruciato il mio Lido Silvana, che ha distrutto una parte delle bellezze naturali della zona, ma che non può togliermi il ricordo di quegli anni.

C'è dolore lì e lacrime …

Tuttavia sento ancora la cordialità della gente che non si è affievolita, ma che a volte, nei più giovani, ha il sapore di una diffidenza latente o di un'aspettativa che prima non c'era. Sono ancora cordiali, anche se più cauti di prima. Ma chi ha conquistato il cuore di questa gente, ha trovato amici per la vita.

Amici, oh, ce ne sono tanti. Quelli di un tempo, che ho conservato e con cui ho condiviso la mia vita, nel bene e nel male, amici intimi, che spesso mi stanno a cuore più della famiglia e che sono una parte irrinunciabile della mia vita …

E ci sono quelli che si sono aggiunti nel corso di questi bei lunghi anni, che mi hanno concesso la loro fiducia e di cui mi fido con tutto il cuore.

E' una vita ricca, bella, indimenticabile, ancora promettente e piena di aspettative. E' passato tangibile, presente vissuto e futuro desiderato profondamente.

No, dopo più di 45 anni non sono più molta ingenua e sprovveduta nei confronti di questo paese meraviglioso e della sua gente. Vedo e assisto criticamente a ciò che accade, pur tuttavia con l'amore per la Puglia e i suoi abitanti, un amore che si è evoluto nel corso degli anni, che è listato a lutto quando ciò che accade non è ... esaltante!

Andare a casa, a Taranto, significa tornare nel mio paradiso personale e viverci; non andare in vacanza, bensì vivere con la gente, con tutte le debolezze e i difetti, le carenze e le difficoltà della vita quotidiana italiana, in una parte dello Stivale che ha, incredibilmente, conservato ancora tanto delle sue origini.

E quando, dunque, il primo sole di primavera irradia i suoi raggi sulla mia scrivania in Germania, allora diventa particolarmente forte la nostalgia del mio paradiso blu, della Puglia.

E' la nostalgia degli amici, del mare, del cielo di un blu inimitabile, dell'immergersi in una storia straordinariamente ricca, che non si finisce mai di esplorare, del rivedere e riconoscere quella Città Vecchia, la 'mia' Città Vecchia con la sua gente e i palazzi, le chiese e i monasteri, che mi affascinano ancora da tanto.

La mia nostalgia invernale si chiama Taranto, Puglia, Paradiso Azzurro ...

Tu sei la mia isola

C'è silenzio qui.
Una pace che non vedevo da tempo.
Tu sei la mia isola.

La vita quotidiana è lontana.
Le paure rifuggono da questo luogo.
Tu sei la mia isola.

I sogni sono nuovi.
Ore che non rimpiango.
Tu sei la mia isola.

Il calore mi avvolge.
Vorrei semplicemente essere con te.
Sii la mia isola, ti prego.

Agli amori della mia vita:
a te e alla Puglia.

Laggiù

… alla fine del mondo, per lo meno alla fine dell'Italia …

Santa Maria di Leuca, al faro. Lo sguardo sprofonda nel blu infinito, i sensi si fondono nel bianco che ricopre tutto, il bianco del cielo, al quale l'abbagliante sole di mezzogiorno ha sottratto ogni colore.

Il vento accarezza la pelle, lievemente dolcemente, rendendo sopportabile la forza del sole di settembre e donando vita calda e fiduciosa in questo arido mondo roccioso.

Le onde si increspano, danzano creste di onde spumeggianti. E poi balena all'improvviso, come un'anomalia in questo mondo blu, una vela bianca che presto scompare dietro alla sporgenza rocciosa della baia successiva.

Fascino del colore, fascino dei sentimenti.

Sembra quasi possibile riconoscere esattamente dove l'Adriatico e il mar Ionio si fondono, si mescolano; i due mari diventano uno solo! Fascino.

Sogni …

Sì, la vedo ad occhi chiusi questa linea immaginaria, che non esiste, ma è lì, per lo meno nei miei sogni …

Dietro di me, sotto di me terra povera, che non sento sotto i piedi davanti a quel blu che potrebbe mettermi le ali. Forse. Pensieri e sentimenti si librano in volo. Attraverso tutte le epoche storiche, attraverso passato, presente e futuro.

In una frazione di secondo, non più di un batter di giglia sono una naufraga spartana, una conquistatrice romana, compagna di Federico il Grande o pellegrina in Terra Santa…

Mi sento così vicina a Goethe, a Gregorovius, ai primi viaggiatori, musicisti, poeti, pittori … vorrei dipingere, sentire profondamente …

Ci sono voci. Turisti. Un autobus, no, due, tre. Le persone si precipitano fuori, sollevano le macchine fotografiche, scattano a desta e a sinistra, indicano nel vuoto. Qualcosa di sensazionale, che invece non c'è. Turisti trasportati in un posto particolare, che eliminano dalla loro lista: questo l'ho visto … qui ci sono stato.

"Mamma, dai, scatta una foto!" Le mette in mano la macchina fotografica e si mette in posa, una macchietta con pantaloni troppo larghi e troppo corti, su cui trasborda la pancia troppo grassa. Il resto preferisco non vederlo!

Poi scivola sul terreno irregolare con i sandali, in cui dei calzini scuri coprono una parte delle gambe pelose. Lei spinge il cappello sulla nuca, solleva la macchina fotografica e scatta.

Proprio turisti!

Non posso far sì che guardino attraverso i miei occhi, non posso condividere con loro i miei sentimenti, mi sento sola nella folla.

Non sono una turista?

Risalgono, partono, hanno visto, ma erano ciechi. Non hanno visto nulla, non hanno capito nulla. Erano lì, ai confini del mondo e possono dimostrarlo con le loro foto.

Ancora una volta il mio sguardo sprofonda in questo blu unico e inimitabile. Cerco di concentrarmi su quella linea invisibile, dove l'acqua si fonde con il cielo. Prometto di tornare, di vedere di più, di scoprire, di sentire …

E da qualche parte laggiù, dove blu e bianco si uniscono, dove mare e cielo sembrano toccarsi, così come io sono toccata nel più profondo dell'animo, da qualche parte laggiù, forse visibile, lì c'è la Grecia.

Il mondo non finisce, la storia continua a scriversi …

Problemi linguistici

Ostacoli linguistici e difficoltà di pronuncia possono causare situazioni imbarazzanti. Soprattutto quando, per l'emozione, si dimenticano le più elementari regole grammaticali.

Ero sempre stata convinta che una cosa del genere non mi sarebbe mai potuta accadere, che fossi abbastanza capace di mantenere la mente lucida anche in momenti difficili o di tensione emotiva.

Credevo …

Non mi sarei mai neppure sognata che presto mi sarei ricreduta. Tanto meno proprio quando dovevo leggere una lettera e stringere la mano a qualcuno.

Ma non era una lettera normale. Dopo tutti gli anni in cui mi ero adoperata per rafforzare l'amicizia con l'Italia, potevo finalmente portare ufficialmente lo stemma della nostra città, con un saluto del nostro sindaco, nel luogo in cui già da tanto mi sentivo a casa.

Era una piccola cerimonia durante la Sagra dell'Uva. I nostri amici cantavano sul piccolo palco allestito nel padiglione decorato con uva fresca, proprio davanti al castello. Lo spazio antistante era stracolmo di gente. Erano venuti in tanti; alla fine fummo presentati come 'ospiti d'onore'.

Eravamo lì sul palco vicino al sindaco nei nostri costumi da ballo del periodo a cavallo dei due secoli e guardavamo i volti impazienti.

Provai un certo orgoglio, quando presi il microfono. Improvvisamente sentii il cuore in gola. Da un tratto mi resi conto che rappresentavo la mia città, la mia nazione …

Con voce chiara lessi la lettera del nostro sindaco dopo aver consegnato lo stemma con fare solenne. Avevo tradotto la lettera con grande fatica e mi ero fatta aiutare per evitare di commettere errori. Anche il mio breve discorso, la spiegazione del perché eravamo così felici di essere lì, era pressoché corretto.

Tuttavia all'improvviso il tutto non mi sembrò più sufficiente. Credetti di dover rivolgere ancora una parola personale alla gente che ci aveva accolto così gentilmente, forse di dovermi scusare per il mio italiano imperfetto. Così aggiunsi nel mio entusiasmo sentimentale:

"Scusate i miei sbagli. Ma spero che ci capisciamo lo stesso!"

Per un momento ci fu un silenzio di tomba, poi scoppiò un'improvvisa risata seguita da un applauso frenetico.

Il nostro amico prese il microfono ed esclamò allegramente: "Ma ora, gente, ci siamo bagnati tutti!"

Ero indignata, non sapevo che cosa volesse dire tutto ciò. Era forse invidioso di quel po' di acclamazione? Tuttavia uno sguardo alla mia amica mi fece capire che doveva essere successo qualcos'altro. Era seduta lì come una statua di ghiaccio, un iceberg tra gente allegra.

Il sindaco ringraziò gentilmente e ci invitò a presentare le nostre vecchie danze. La gente intonò insieme in italiano i nostri vecchi canti di Berlino, il che fu divertente e quasi ci fece andare fuori tempo.

Lo spettacolo si concluse come in un sogno. Solo quando poco dopo vidi il viso ancora glaciale della mia amica, ripiombai bruscamente nella realtà.

"Come hai potuto fare un errore simile?", mi chiese con orrore. "Non l'hai mai fatto!"

Solo ora venni a sapere che invece di: ci 'capiamo' per l'emozione avevo detto in modo volgare e in dialetto 'ci ca pisciamo', che significava "Ci pisciamo addosso insieme". Qualcosa del genere. O era ancora più volgare?

Allora fui presa dallo stesso orrore e mi vergognai profondamente. Nei giorni successivi preferii non farmi vedere in giro!

Circa una settimana dopo appresi quanto positivamente fosse stato preso il mio piccolo errore simpatico e volgare.

Nella parte vecchia di Taranto si celebrava una festa con una grande mostra. Nelle strade e in molti palazzi solitamente vuoti, aziende e associazioni esponevano ciò che la città e la zona circostante avevano da offrire. Anche l'associazione turistica di Pulsano mostrava il suo lato migliore. In uno di quei palazzi, in una stanza al primo piano, era stata allestita una "spiaggia" con una sedia a sdraio, un ombrellone e un tavolo con dei depliant.

Il nostro conoscente, allora direttore di questa associazione, era in servizio. Alla chiusura dello stand saremmo andati a mangiare insieme. Avevo fame già da un pezzo. Così gli chiesi quanto si sarebbe dovuto rimanere ancora.

Con un sorriso che andava da un orecchio all'altro, Benito rispose ad alta voce e distintamente: "Un'urina solo!"

Ci volle una frazione di secondo e compresi ciò che voleva dire. Era dunque questa la famosa replica! Ridendo sonoramente, mi lasciai cadere sulla sedia a sdraio e dissi solo: "Va bene!" Non pronunciai altro.

Cosa aveva detto Benito? Un'urina, si certo, è questa la traduzione letterale.

Ciò che intendeva era: un'oretta ...

Italia pura...

Italia pura, proprio così ci si immagina la 'vera' Italia in Germania: bucato steso vicino ai muri delle case, quasi a pulire la finestra del vicino; bucato steso di traverso sulla strada da casa a casa (talvolta mi chiedo ma come?); bucato che, tutti i giorni e perfino la santa domenica, è prova dell'impegno e della pulizia delle casalinghe, non importa se in un cortile oscuro o sulla facciata della casa, all'esterno di palazzi antichi o di moderni edifici, con il vento, il cattivo tempo e tutti i gas di scarico...

Pura vita tranquilla...

Tutto ciò non sarebbe possibile in Germania, dove precise norme stabiliscono che sui balconi le corde per il bucato non possano superare una certa altezza e sono consentite esclusivamente per il bucato di piccole dimensioni. Non è consentito stendere alcunché sulla facciata della casa, del resto ci sono le cantine per questo e poi, se è domenica, per favore, il bucato proprio non deve esserci!

Peccato, preferisco la tranquilla vita italiana, questa naturalezza, questa particolare leggerezza dell'essere.

E poi che sbalordimento, quando proprio questo bucato, dal lenzuolo alle mutande talvolta enormi, svolazza al vento sulle viuzze polverose e molto trafficate, proprio quando lì vicino si sta restaurando un palazzo e dalle pietre si sollevano vortici di polvere ...

Vita tranquilla, stile di vita ...
Stile di vita?

Proprio così, stile di vita che abbiamo perso dalle nostre parti, con le camicie di forza della vita moderna e rigide norme di ogni tipo ...

Da noi, in Germania, si bada troppo agli altri, s'insiste troppo sul proprio presunto legittimo diritto garantito per legge, si dimentica troppo in fretta che forse a volte si dipende anche dagli altri. Invidia e insoddisfazione ostacolano fortemente la vita più semplice e felice.

Se da noi dai una festa, pensi più al denaro, alle dimensioni del regalo, all'invito costoso, a non dimenticarti assolutamente di nessuno e a dimostrare chi sei. Camicie di forza ...

L'importanza affettiva dell'unione con la famiglia e gli amici ha lasciato il posto da noi alla più fredda espressione personale. Oppure Lei, amico mio teutonico, festeggia ancora San Giuseppe il 19 marzo come giornata dell'uomo? La festa della mamma, la festa del papà, la festa della donna,

Ferragosto, cioè il 15 agosto, l'Assunzione di Maria, il lunedì di Pasquetta con gli amici, il giorno di S. Valentino, la Pentecoste come festa di famiglia, Santa Lucia, San Lorenzo …?

C'è almeno un mucchio di altre feste e ricorrenze che si possono celebrare insieme tranquillamente in allegria.

Se sei invitato a una di queste feste non devi portare necessariamente un mazzo di fiori. No, qui al Sud lo spirito di solidarietà, l'esperienza condivisa è molto più importante. Un contributo al buffet della propria cucina è accolto con entusiasmo e contribuisce alla riuscita della festa.

So bene che questo talvolta accade anche da noi, probabilmente perfino più spesso. Ma purtroppo ci manca ancora quella facilità, che qui al Sud trovo così naturale.

Si, anche qui mostri chi sei, non vuoi fare nessuna "brutta figura", il che abbastanza spesso finisce in un'allegra esagerazione, ma non con quell'accanimento che spesso vedo da noi.

Quanto sono allegre, rilassate e semplici queste feste, sincere e amichevoli, come continuamente posso constatare.

Qui nemmeno un giorno di pioggia ad agosto ha creato disturbo, anche se si voleva festeggiare in campagna all'aperto. Padroni di casa e invitati brandirono le scope per asciugare la pista da ballo improvvisata. Poi furono sistemati tavoli e sedie, furono messe tovaglie dai colori estivi, il piccolo ma potente impianto musicale fu acceso e piatti, tovaglioli e posate furono portati fuori. Poco dopo risuonò già la tipica musica da ballo, il *liscio*, la mazurca, il valzer musette, la polka e perfino il tango dopo il valzer viennese. E finché gli ospiti furono tutti presenti, si ballò, si chiacchierò e si rise.

Ognuno portò qualcosa per il buffet e al momento di mangiare dovetti promettere di assaggiare davvero tutto e di dire ad ogni cuoca quanto mi fosse piaciuto. Ah, tutto fu molto più delizioso!

Anche i miei "pensierini" ebbero un enorme successo e dovetti rivelare le mie ricette. Così conobbi qualcosa di nuovo della cucina italiana.

La bella figura delle cuoche della sera fu sottolineata da un brindisi degli uomini. Erano tutti orgogliosi, mogli e mariti! Nessuno si sentiva escluso, ignorato o migliore degli altri.

Le prime stelle cadenti nel cielo notturno non completamente sereno ci ricompensarono per le nostre fatiche. Fanno avverare i desideri? I miei amici me lo assicurarono con estrema serietà. Infine festeggiammo San Lorenzo…

Ah, quanto vorrei poter portare con me questa gioia di vivere, conservarla, regalarla a tutti i miei amici, questa Italia pura, gioiosa e piena di vita, con la sua leggerezza dell'essere nonostante tutti i problemi…

Forse dovremmo provarci una volta o l'altra…

Vidi…

Vidi il mare
e fu come in un sogno.

Vidi la terra
e mi ritrovai in un paradiso.

Vidi gli uomini
e con loro mi sentii a casa.

Ti amo Italia

Ti amo Italia ...
Si, amo questo Paese, questa terra meravigliosa, pazzesca, così povera e ricca, abbandonata e sempre da riconquistare, questo paese ricco di storia, cordiale, scontroso, fantastico e, nonostante tutti i suoi cambiamenti positivi e negativi, paradisiaco. La culla della nostra cultura. Spesso dimenticata o ignorata ...

Mi viene incontro nell'immaginazione con il suo modo di vivere complicatamente semplice.

In più di 45 anni ho amato e odiato questa terra, l'ho desiderata con tutte le mie forze e l'ho maledetta e alla fine ho sempre riscoperto l' amore per la 'mia' Italia.

Non è così sorprendente. Certo in fondo amo la mia patria, la Germania, nonostante tutti i problemi, gli oneri e i cambiamenti che non sempre mi fanno piacere.

Quando si ama un uomo, lo si ama così com'è. Con i suoi lati positivi e negativi. Non che questi si ignorino o si accettino. Si patiscono e si sopportano, perché non sempre si possono cambiare, anche se si vorrebbe tanto.

Così vivo con le mie due patrie meravigliose, quella in cui sono nata e cresciuta e quella che ho scelto, entrambe allo stesso modo belle e complicate.

Ci sono periodi in cui amare è più semplice. E ci sono periodi in cui è più difficile fare i conti con questo amore.

Ma i sentimenti sono vivi, sono parte della vita, sono una parte di me, della mia anima. Così come questa vita è mutevole, così variano anche i miei sentimenti. E così come il terreno sotto i piedi mi sostiene, allo stesso modo quel sentimento di fondo mi dà sostegno quando l'amore per il mio Stivale viene scosso dai cambiamenti di quest'epoca.

Si, i miei sentimenti sono mutevoli e al contempo costanti. Appartengono alla terra, al paesaggio e alla gente, alla cultura e alla storia, all'arte, alla vita e ai ricordi. Sono una piccola certezza nell'incertezza di quest'epoca tumultuosa.

No, non ignoro alcun problema, né qui, né lì. E faccio ciò che posso, nell'ambito delle mie possibilità: qui come impegno innato e con la fedeltà e l'amore dovuti alla mia patria numero uno, lì come dovere naturale di un'ospite che si sente a casa con chi lo ospita, come gratitudine per l'amicizia, l'ospitalità, il senso di appartenenza e tutte le emozioni che sempre risveglia in me questa terra pazzesca e cara.

Sono grata per questo sentimento patrio che ho ricevuto in dono.

Ti amo Italia, ancora e sempre ...

Dr. Maggi, un vero dottore...

Ci sono ricordi che fanno ridere, ricordi che serbiamo volentieri e che ci accompagnano come una luce particolare.

E' indimenticabile per me l'ultima visita a Martina Franca con mia madre. La cittadina si trova in Puglia e possiede un centro storico particolarmente bello in stile barocco leccese.

Avevamo cenato nel nostro ristorante preferito, una cena ricca, abbondante e assolutamente deliziosa. Era ovvio che facessimo poi una piccola passeggiata per digerire.

E la facemmo davvero volentieri!

Ci sono così tanti bei negozi a Martina Franca e i lampioni barocchi, le case, le porte e i balconi rendono il luogo ancor più accogliente e gli conferiscono un'atmosfera quasi misteriosa. I vicoli angusti e senza automobili del centro storico invogliano addirittura a fare una lunga passeggiata.

La curiosità ci condusse in angoli che non conoscevamo ancora.

Le passeggiate per guardare le vetrine insieme a mia madre erano sempre qualcosa di speciale. Non c'era negozio che non ci fermavamo a guardare e ne commentavamo la vetrina, a volte con ironia, a volte con desiderio, di solito con allegre risate.

Una volta fummo colte entrambe da un serio bisogno. Ma sfortunatamente a quel tempo non c'era ancora la toilette in ogni bar. Purtroppo per noi la norma fu introdotta con un ritardo di un paio d'anni.

Perciò saltellavo da una gamba all'altra davanti alla vetrina di una merceria in cui erano esposti gomitoli di lana incredibilmente belli. Non riuscivo a staccarmi da quella merce tanto velocemente, sebbene il negozio fosse chiuso.

Mia madre mi esortò, anche lei saltellando con grazia, ad andare verso l'automobile. Ma io continuavo a saltellare dinanzi a ciò che mi stava davanti, perché era molto interessante.

"Guarda", disse mia madre improvvisamente e ridacchiò. "Lì abita il dottor Maggi!"

Mi girai e fissai la targhetta del dottore appesa davanti al cancello di ferro del palazzo ornato di ghirigori.

"Ed è anche urologo", aggiunse mamma.

Infatti: *Dr. Giacomo Maggi, Urologia*, era scritto sulla vecchia targhetta di metallo. Scoppiammo in una sonora risata ed eseguimmo il ballo di san Vito, che ricordava quasi la famosa Pizzica.

Fu solo grazie al fatto che fosse già l'una di notte se nessuno ci vide!

E fu quasi per puro miracolo se ritornammo al nostro hotel più o meno asciutte!

Tra l'altro il nome del dottore si scriveva come sulla nostra bottiglietta 'Maggi', che noi, però, pronunciamo 'Magghi'.

Ancora oggi ogni volta che uso la bottiglietta Maggi scoppio a ridere. E quando ci troviamo a Martina Franca, sento mia madre particolarmente vicina e mi sembra di sentirla ridere. Soprattutto quando mi trovo davanti alla suddetta casa.

La targhetta dell'ambulatorio è stata tolta da molto tempo e ora c'è scritto *Palazzo Maggi*. Forse il dottore si diverte con la mia mamma su una nuvola ed è contento che la sua casa mi regali così tanti ricordi.

Tra l'altro dopo il nostro rientro in Germania ho cercato di sapere qualcosa di più del nostro 'Madschi', come so pronuncia in Italia. Su internet ho scoperto che la famiglia del suo inventore è originaria della Lombardia …

Fichidindia – Fichi d'India

Fichidindia – fichi d'India ... Come potevo sapere quale straordinaria specialità, quale piacere infinito si nasconde in questo frutto ...

Quando mangiai per la prima volta uno di questi dolci frutti rossi e gialli, fui entusiasta. No, non saprei descriverne il sapore; probabilmente la parola 'paradisiaco' potrebbe renderne l'idea.

Imparai subito che i frutti si possono raccogliere ovunque. Crescono quasi sul ciglio della strada e sono talmente numerosi, che non vengono raccolti tutti.

La raccolta poi è una faccenda complicata. I frutti sono così spinosi, che non si possono cogliere facilmente. I soli guanti non bastano. Le piccole spine, apparentemente sottili, penetrano quasi in ogni tessuto e poiché si vedono appena, è anche difficile rimuoverle dalle dita. Le peggiori sono le spine staccate e sparse sui cactus, che il vento spesso e volentieri sparge lì dove non si vorrebbe.

Che fare allora?

Il nostro amico giardiniere Fulvio ci ha mostrato come portare i fichi d'India dal cactus al frigorifero senza troppi problemi.

Due bicchieri di plastica vengono infilati l'uno nell'altro e poi vengono messi sul frutto. Con una rapida rotazione la parte buona viene separata dal cactus spinoso e può poi essere messa in una busta o, ancora meglio, in una ciotola di plastica.

Successivamente i frutti vengono messi a bagno accuratamente e strofinati in acqua con uno spazzolino. In tal modo le spine sparse si staccano e si possono eliminare con l'acqua. E' preferibile cambiare l'acqua più volte.

I nostri amici spinosi devono restare a bagno in acqua fredda per una buona mezz'ora, affinché le spine si ammorbidiscano.

Ora non può più succedere nulla. S'infilza un frutto con una forchetta e si tagliano le estremità a destra e a sinistra. Si taglia per lungo la buccia spinosa, si apre e si solleva con il coltello e sulla forchetta resta il gustoso frutto pulito.

I fichidindia hanno un sapore migliore se sono belli freschi. Naturalmente c'è un gran numero di ricette squisite che li valorizzano ancora di più. Ovviamente possono anche essere utilizzati per preparare il liquore. Come di consueto, naturalmente …

"Si prende la buccia di cinque frutti …"

Fermi, no, non questa volta! Dovremmo farci solleticare gola e stomaco dalle spine?

Per questo liquore s'infilzano con la forchetta i frutti puliti e si mettono a riposare nell'alcol per almeno dieci giorni. Poi si spremono per bene, si filtra il succo e si mescola con una quantità equivalente di sciroppo di zucchero e alcol. Si lascia riposare il liquore per altri due giorni ancora e si gusta quindi ghiacciato.

Era chiaro che fossimo diventati degli specialisti in fatto di fichi d'India. Ne avevamo ricevuti tanti e riflettevamo su come portarcene un po' in Germania.

Al termine della nostra vacanza era deciso: quei 'cosi' dovevano venire con noi! Approfittammo del nostro 'giro di saluto' degli amici per rubacchiare allegramente qualche fico d'india, un po' qui e un po' là ai margini delle strade. Poiché non solo i nostri cuori ma anche il cielo versava lacrime d'addio, la nostra scodella non si riempì.

Raccontammo agli amici della nostra raccolta impertinente più ridendo che con rabbia.

"Non fa niente", disse Mario. "Venite con me, so dove ne potete sgraffignare a chili!"

Con i nostri "strumenti", scodella e bicchieri di plastica, ci stringemmo nel suo piccolo Fiat malandato e aspettammo con ansia.

Arrivammo in campagna, passando attraverso vigne, uliveti e piantagioni di pomodori e meloni. Ammirammo le angurie gigantesche e i grappoli dorati che invitavano all'assaggio. Ma soprattutto godemmo degli splendidi colori della Puglia, colori che proprio non ci aspettavamo di vedere in questo periodo: gran parte dei campi e dei margini delle strade erano riarsi e di un colore spento.

Lungo il tragitto trovammo pochi fichi d'India, che per giunta avevano già dei proprietari: si trovavano al di là dei recinti.

Mario passò tra due case, che evidentemente appartenevano a una masseria e con la vecchia Fiat si diresse dietro le case, su un terreno irregolare e quasi allo stato naturale. L'auto si fermò poi davanti a una gigantesca parete di fichi d'India più alta di una casa, su cui era ancora appoggiata una scala.

"Allora, vi bastano?", chiese Mario, scese dall'auto e iniziò la raccolta. "Qui ne potete rubare quanti ne volete!"

Non ci sembrava vero. Non erano certo piante selvatiche. I cactus appartenevano a qualcuno e non avevamo neppure chiesto gentilmente se potevamo raccogliere i frutti. Sarebbe stato imbarazzante se fossimo stati scoperti …

Questa possibilità non sembrò disturbare Mario. "Wolfgang, puoi tranquillamente prendere la scala", disse. "Mi trovate a sinistra, davanti alla casa. Voglio comprare delle uova!"

Così scomparve e ci lasciò soli con un intero branco di cani, che ci osservavano incuriositi.

Wolfgang raccolse i fichi d'India entusiasta, scegliendo i frutti migliori, mentre io cercai di tenere a bada la mia paura dei cani curiosi e piano piano tornai alla piccola Fiat.

"Vado a cercare Mario. Non pensi che ne abbiamo già abbastanza di quei 'cosi'?"

"Solo quando il secchio sarà pieno", rispose Wolfgang. Non mi è mai capitato di poterli raccogliere così facilmente!

"Si, e sei già pieno di spine dalla testa ai piedi!", lo rimproverai. Ma mio marito non sembrò disturbato.

Passai attorno al branco di cani, tenendomi a debita distanza e mi rifugiai davanti alla masseria.

Ma lì mi stavano già aspettando. Mario era seduto comodamente vicino a una coppia più anziana e mi sorrideva allegro.

"Caffè, signora", disse l'anziana signora e mi porse una tazzina.

"Questi sono i genitori del nostro sindaco", Mario me li presentò, mentre la signora mandò suo nipote da mio marito. Era preoccupata che potesse essere caduto sulla parete di cactus.

Ero rimasta di stucco e mi sedetti. Mario ci aveva mandati a rubare nel giardino del sindaco e dei suoi genitori!

L' anno successivo portai al signor sindaco i saluti del nostro sindaco e gli consegnai lo stemma della nostra città, ovviamente dinanzi a tutta la cittadinanza. Fu una sensazione molto piacevole. Il palco si trovava davanti al castello, su cui erano state issate le bandiere, quella locale, quell'italiana e quell'europea. La piazza e la strada fino alla cattedrale erano gremite di gente. Ero molto orgogliosa e mi commossi soprattutto, quando seppi che un paio di persone parlavano tedesco e avevano dei parenti proprio nella nostra città. E per di più conoscevamo quella famiglia!

Ci esibimmo poi nel nostro piccolo spettacolo di danza, antiche danze dei primi del secolo. Con nostra gran sorpresa gli spettatori conoscevano i nostri vecchi canti di Berlino e ci accompagnarono in italiano, il che ci confuse molto, per cui avemmo delle difficoltà con il tempo musicale.

Alla fine, come spesso facevamo, andammo a prendere dei partner dal pubblico. Naturalmente invitammo a ballare il sindaco e la sua consorte, che prese parte volentieri al divertimento.

Io ballai con il sindaco, uno dei sindaci più giovani d'Italia ed egli cercò gentilmente di parlare con me.

"Mi dica, quando torna dai miei genitori a 'rubare' i fichidindia?", mi chiese con la massima naturalezza. "I miei genitori la aspettano …"

Desiderai scomparire sotto terra, non ci riuscii e balbettai un saluto alla gentile coppia, così comprensiva nei nostri confronti …

Del resto i fichi d'India del giardino del sindaco si conservarono fino a Natale: avevano un gusto migliore di tutti gli altri …

La Storia dell'Acqua – o: da dove proviene l'acqua?

In Puglia l'acqua è una cosa seria. Certo nelle città scorre dai rubinetti, così come siamo abituati a vedere. Ma nelle abitazioni estive vicino al mare questo non accade sempre. Qui l'acqua è spesso un lusso e l'approvvigionamento diventa una vera avventura.

Bisogna sapere che in questi casi ci sono due tipi d'acqua: l'acqua potabile e l'acqua non potabile.

Negli anni in cui abitavamo nella nostra casa di Lido Silvana, avevamo una cisterna con l'acqua non potabile che usavamo per la doccia, il bucato, i piatti, le pulizie e per il bagno. L'acqua potabile la prendevamo con una grande tanica dalla fontana del luogo.

Venimmo a conoscenza di questa storia dell'acqua a casa dei nostri amici al mare. Anche qui, come spesso accadeva stupidamente, la cisterna era collocata dietro in giardino. Per anni essa non aveva dato alcun fastidio. Ma nel periodo di crisi e di aumento delle spese, visibile ovunque, i fornitori si rifiutarono di portare tubature più lunghe, che richiedevano un maggior dispendio di energie e dovevano poi anche essere pulite. La fornitura doveva avvenire in modo semplice o le spese sarebbero come minimo raddoppiate.

La cisterna di Berto, specifica per l'acqua potabile e collocata nella parte posteriore del giardino, poneva anche un'ulteriore difficoltà: era un enorme serbatoio per l'acqua con base in acciaio. Questo significava che l'acqua doveva, per così dire, superare una pendenza. Il giardiniere Mimmo era venuto di mattina e ci aveva preparati all'evento drammatico per il quale dovevamo avere conoscenze tecniche di questioni idriche. Per far risparmiare del denaro a Berto, egli aveva già collocato dei tubi sul muro che separava il terreno di Berto da quello dei vicini, ma che apparteneva ai vicini stessi.

"Meglio che non ci siano", disse Mimmo con aria da cospiratore. "Altrimenti fanno un macello!"

"Perché dovrebbero?", replicai. "La casa è in vendita. Comunque non vengono qui."

"La puoi comprare tu", suggerì Mimmo, ma io rifiutai ridendo.

Il giardiniere, un uomo di polso e con un certo caratterino, fissò i tubi al muro e incastrò l'ultimo in quello che arrivava al garage. Un altro tubo finiva poi nella cisterna.

Arrivò l'autobotte. Un simpatico giovanotto collegò i suoi tubi al primo sul muro e accese la pompa.

E allora accadde.

Si sentì un rumore tremendo e il primo tubo esplose. La preziosa acqua potabile cominciò a sgorgare come da una fontana e si riversò per strada. L'autista dell'autobotte e Mimmo erano bagnati fradici.

La piccola pompa era adatta alle cisterne poggiate al suolo e non aveva la forza di far salire l'acqua e poi di versarla nella cisterna!

E allora che fare?

L'autista spense prontamente la pompa e chiese di essere accompagnato al deposito per prendere il pezzo di ricambio.

Ovviamente mio marito andò con il ragazzo tutto bagnato a prendere il tubo, che fu poi collegato in quattr'e quattr'otto. Il motore fu regolato in modo che pompasse con più forza…

… e allora tutto sarebbe potuto andare alla grande, ma…

… si, se solo il destino non avesse voluto seguire il suo corso…

L'enorme cisterna aveva un indicatore, da cui si poteva rilevare quanto fosse piena. Tuttavia Serafino, il figlio di Mimmo, si arrampicò per controllare.

"C'è ancora tempo", disse il padre e fece un cenno verso l'indicatore.

C'era ancora molto spazio nella cisterna. Pensavano tutti.

Ma l'indicatore era rotto, probabilmente già dall'inverno o giù di lì …

Serafino si piegò sull'imboccatura proprio quando un'enorme, violenta fontana d'acqua quasi lo sbalzò via dalla cisterna. La magnifica acqua potabile annaffiò il giardino e fece scappare il fornitore.

Tutti urlavano, correvano, come se volessero mettersi in salvo. Finché il simpatico giovane autista dell'autobotte spense la pompa.

"Fatto", disse con aria soddisfatta.

Mimmo non voleva crederci! Era previsto un controllo. Ma non restava altro che la cisterna vuota. Essa non conteneva l'intero carico. Una parte restante era ancora nell'autobotte.

Allora i tubi furono stretti. Quelli sul muro restarono lì fino alla volta successiva. Tuttavia dovettero essere svuotati, cosicché anche il resto del giardino fu bagnato fradicio.

Quando, dopo il dramma dell'acqua, mi ritrovai finalmente sul dondolo, riflettei se non fosse stato meglio raccogliere l'acqua dai piccoli tubi in secchi, bacinelle e tinozze … magari per risciacquare i piatti o lavare i piedi …

Intanto non si vedeva più neanche una pozzanghera.
E … non ero in vacanza???

Mozzarella – chilo per chilo

La mozzarella è un formaggio molto particolare.
Lo assaggiai per la prima volta nel 1964. E questo fu già un piccolo miracolo, essendo io sempre molto prudente con le cose nuove e strane. Poteva anche darsi che questa roba non mi piacesse.
Invece mi piacque, soprattutto sulla pizza. Da allora la pizza fatta in Germania non mi piace più. Da noi questo sapore delicato e indescrivibile non si trova proprio!

L'anno successivo, il 1965, non ci aspettavamo certo di andare in Puglia. E fu mia madre che, alla prima occasione, acquistò subito un chilo intero di questa squisitezza.
Eravamo fermi a un passaggio a livello a Gioia del Colle, un paesino pugliese noto per le mozzarelle. Le sbarre del passaggio a livello erano chiuse. Con grande spavento di mio padre mia madre scese dalla macchina e si mise alla ricerca del caseificio più vicino. Dopo poco ritornò raggiante porgendo un sacchetto.
"Mozzarella", disse trionfante. "Un chilo intero!"
Poiché le sbarre del passaggio a livello non si aprivano ancora, cominciò a mordere una mozzarella, che aveva l'aspetto di un grosso confetto. Una dopo l'altra le mozzarelle sparirono nella sua pancia: mamma non riusciva a smettere di mangiare. Non si curò affatto degli avvertimenti di mio padre, animato da buone intenzioni.
Quando le sbarre del passaggio a livello lasciarono libero il passaggio consentendoci di proseguire il viaggio, non era rimasto molto del chilo di mozzarelle.
E mia madre stette malissimo!
Per molto tempo non potei mangiare mozzarelle fresche.

Ma ciò per fortuna non durò per sempre.

Avevo reso consueto le mie vacanze in questa terra, ma quando ero lì, divoravo con somma soddisfazione una quantità rispettabile di mozzarelle già nel caseificio, e durante la strada per tornare a casa facevo di tutto per portarne un po' a casa in Germania, ah, almeno qualcuno … Ma questo era estremamente difficile: a volte ci riuscivo, a volte no.

Nel caseificio ricevevo una robusta cassa di polistirolo rivestita di cubetti di ghiaccio messi in sacchetti di plastica. Le mozzarelle venivano messe con la salamoia in un'altra busta di plastica e poi collocate sul ghiaccio al centro della cassa. Lo spazio rimanente intorno e sopra veniva riempito con sacchetti di ghiaccio.

Le mozzarelle così sistemate giungevano fresche e gustose in Germania! Una volta addirittura l'albergatrice vicino al lago di Wörthersee me le avrebbe sottratte volentieri.

In realtà fino ad allora mio marito aveva riso della mia mania di mozzarelle. Certo non aveva intenzione di prenderla sul serio. Osservava divertito i miei sforzi di portare in Germania le mozzarelle abbastanza fresche.

Soprattutto di giovedì quando veniva 'il bombardiere di mozzarella' da Napoli.

Poi andammo insieme in Puglia e facemmo la conoscenza di Giovanni. Era il proprietario di un piccolo bar molto carino situato sulla litoranea, proprio di fronte all'ingresso dello stabilimento balneare.

Prima e dopo le nostre nuotate ci fermavamo volentieri qui a bere un cappuccino e ci divertivamo a chiacchierare con Giovanni. All'epoca mio marito diceva solo tre o quattro parole in italiano e si sforzava di usarle in modo divertente.

"Signora", disse Giovanni durante una di queste conversazioni, "ti piace la mozzarella?"

Annuii e mio marito rispose. "Si, chilo per chilo!"

Scoppiammo a ridere e Giovanni gli strinse la mano.

"Un momento!" e sparì nella piccola cucina in cui sua madre preparava gli stuzzichini che venivano offerti la sera con i cocktail.

"Ma sai almeno che cosa hai detto?", chiesi a mio marito.
"La verità!"
Lo guardai adirata e lo considerai proprio cattivo! Come poteva rivelare in questo modo la mia passione! Un sì sarebbe stato sufficiente!

Un attimo dopo restammo a bocca aperta per lo stupore.
"Che significa?", chiesi sbalordita.
"Solo un piccolo piatto di assaggini!", rispose Giovanni con una chiara nota d' orgoglio nella voce.

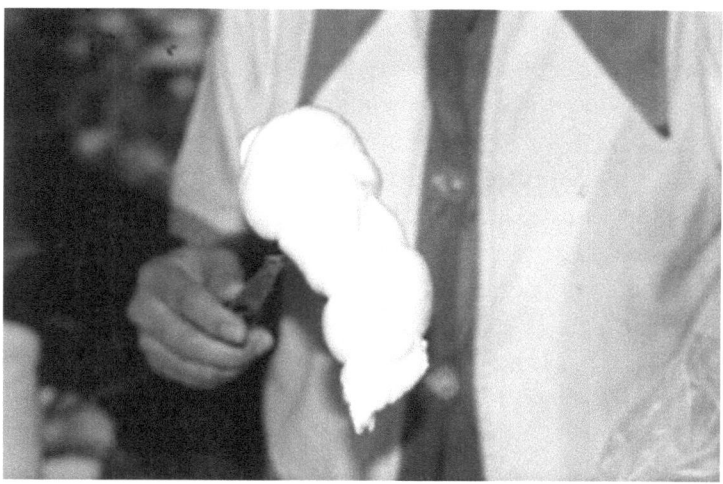

Altro che piccolo! Giovanni aveva riempito un piatto molto grande con diverse specialità a base di mozzarella:
Bocconcini, trecce, burrata, stracciatella, bufala, mozzarella ripiena di prosciutto ... La sola vista mi fece venire l'acquolina in bocca!

"Mangi, mangi!", mi invitò Giovanni divertito, portando anche un cestino di pane fresco di Altamura. Sì, anche il pane era una specialità!

Dimenticai l'esperienza di mia madre con le mozzarelle e mangiai senza pietà. No, non potevo finire tutto da sola. E mio marito ci andò cauto con le specialità sconosciute.

"Conosci i bocconcini", gli spiegai. "E' la solita mozzarella in piccolo. Le trecce sono della stessa pasta, ma a forma di treccia."

Allora anche lui ne prese entusiasta.

"La burrata è un sacchetto di mozzarella ripieno di burro e panna e la stracciatella è fatta di strisce di mozzarella con la panna!"

Ci volle un po', ma riuscimmo a finire quel 'piccolo' piatto di assaggi. Perfino la mozzarella di bufala, che fino ad allora non conoscevamo bene, trovò posto nel nostro stomaco.

Era ovvio che dopo avessimo bisogno di almeno mezza bottiglia di *San Marzano,* il nostro digestivo preferito. Ma chi avrebbe potuto rifiutare tutte quelle squisitezze?

Quel giorno non andammo più a nuotare. Saremmo colati a picco come pietre nonostante la salinità del mar Ionio!

Credo che sia stato dopo questa esperienza e questa sera che decisi che la mia dolce metà dovesse imparare l'italiano!

Tra l'altro la mozzarella è ancora e sempre tra i nostri piatti preferiti!

Il profumo dei mercati

Adoro i mercati. Soprattutto quelli dei paesi meridionali, in Italia, al sud, quelli in cui incontri solo pochi turisti e molti abitanti del luogo.

Sono i mercati settimanali, dove trovi tutto ciò che fa parte della vita quotidiana, frutta, verdura, formaggio, carne, pesce, scarpe, mobili, tessuti, abiti, tende ...

Ho dimenticato qualcosa?

Bene, allora il mercoledì devo andare al mercato, il mio mercato a Talsano! Oppure il giovedì a Pulsano!

Con gli anni conobbi le 'mie' bancarelle, i 'miei' venditori e ogni volta mi divertivo a far loro visita, a fare due chiacchiere e ad ascoltare le ultime storie di famiglia. Inoltre andavo alla ricerca di ciò che mi occorreva e mi sentivo esattamente come se fossi a casa mia.

Già da anni il 'mio' casaro mi aveva fatto conoscere il sapore del formaggio Rodez. Dovetti assaggiare … e da allora ogni volta di nuovo e sempre con molto piacere.

Egli infilava una specie di scavino nella forma di formaggio e, ruotandolo, lo tirava fuori con un pezzo di formaggio fresco, che poi staccava. Con la parte restante richiudeva il buco.

"Se lo fa per tante volte, alla fine il Rodez diventa un Emmental", osservò mio marito.

L'assaggio avveniva ogni settimana e alla fine della nostra vacanza ci portammo in Germania un grosso pezzo di Rodez.

I grandi sacchi contenenti fagioli secchi in tutte le varianti, riso, noci e altro ben di Dio mi affascinavano ad ogni nuova visita. Quante volte avevo già fotografato questa bancarella?

Portavo volentieri a casa i composti per i vari tipi di minestrone. In inverno consolavano la nostra nostalgia dell'Italia.

E poi c'era Pino, un caro signore che aveva sempre una sedia pronta per me, all'ombra ovviamente, e dell'acqua, perché potessi sopportare meglio la fatica della visita al mercato.

Da anni Pino vendeva tessuti per abiti. O farei meglio a dire sogni. Alcuni aspettano ancora di realizzarsi nell'armadio in Germania …

Ho sempre acquistato queste stoffe raffinate, che difficilmente trovavo in Germania e mi dispiacque, quando cambiò genere. Ora vendeva biancheria da letto e da bagno e in estate soprattutto teli da mare e asciugamani.

Una visita da lui fa parte degli obblighi piacevoli. In quest'occasione veniamo anche informati delle novità della famiglia, guardiamo le foto dei figli e ci meravigliamo di quanto rapidamente siano trascorsi gli anni.

Ci accadde qualcosa di particolare con Mimmo, che vende piante e piantine aromatiche. Ci eravamo dati appuntamento al mercato con il giardiniere del nostro amico, 'l'artista dell'acqua', come lo chiamavamo.

"No, questo latte non va bene, è troppo caro. L'olio lo devi comprare a Manduria. E' il migliore. Cosa? Fai acquisti da questa strega al mercato? No, no, vieni con me, ti dico io dove puoi fare buoni acquisti e a buon prezzo!"

Mamma mia! Che uomo! Con quella voce era sicuramente adatto al mercato! E la velocità con cui sputava fuori parole e saliva quella di una mitragliatrice.

Gli avevamo promesso che gli avremmo fatto visita e mantenemmo la nostra parola.

Era un vero piacere guardarlo, mentre vendeva le sue piante. Sapeva vendere e dare agli acquirenti delucidazioni sulle piante. Si vedeva chiaramente come fosse legato ad ognuna di esse e come le avesse coltivate amorevolmente.

Alla fine ci vide. "Germania!", urlò e tutti si girarono verso di noi.

Poi fece segno al figlio. "Serafino, portali da Piero e digli di fare loro un buon prezzo!"

Lo ringraziai, ma egli non comprese, poiché doveva spiegare alla cliente successiva come curare 'questo bellissimo fiore da giardino in boccio'.

Seguimmo Serafino nelle scorciatoie per tutto il mercato gigantesco, attraverso bancarelle non ancora completamente smontate, attraverso verdura e uova, fino ad arrivare a Piero.

"Dovevo portarti qui loro", disse Serafino brevemente e sparì tra le bancarelle.

"Allora, cosa vuoi, bella signora?", chiese Piero e indicò la merce esposta. "Arrivi troppo tardi. Non ho quasi più niente!"

Io e mio marito ci guardammo. Eravamo d'accordo: volevamo una scamorza bianca, quella scamorza fresca che in Germania non si trova.

"Una scamorza", chiesi gentilmente.

"E della mozzarella", decise Piero.

"Si, due !"

Piero prese una busta e la riempì di mozzarelle, non so quante! Le mie proteste non servirono a nulla.

"Stai tranquilla! Ti faccio un buon prezzo!"

Ci aggiunse ancora del liquido e annodò la busta. In un'altra ci mise le scamorze, una dopo l'altra!

"Per l'amor del cielo, siamo solo noi due!", provai a protestare nuovamente, ma naturalmente non servì proprio a nulla.

"Mangia! E' tutta roba sana. Questo non c'è in Germania!"

Aveva proprio ragione! Perciò tacqui e pensai con spavento ai soldi. Alla fine mi disse il prezzo di queste specialità.

Piero chiese meno della metà di ciò che avrei dovuto pagare normalmente.

"La prossima settimana vieni di nuovo", decise Piero, "Ma un po' prima! Puoi dormire il pomeriggio!"

Quasi a capo chino per la ramanzina, lo salutammo e promettemmo che saremmo tornati volentieri.

Tornando alla nostra auto, acquistammo dei pomodori profumati, ciliegie rosso scuro, albicocche dai tenui riflessi e un'anguria enorme.

Il profumo dei mercati ci accompagnò fin nella nostra casa estiva.

E il ricordo riempie la nostra casa in Germania, quando infilo il naso nel basilico fresco, che non profuma a lungo così intensamente come in Puglia …

Nostalgia di sole

Ho nostalgia del sole
Ho nostalgia della luce
Eppure è inverno
Non li vedo

Sogno il sole nel cuore
Sogno la calda luminosità
Filtra un raggio attraverso la mia finestra
Non è lontana la primavera.

Ho nostalgia del sole
Attendo il giorno
Addio gelido inverno
Il sole arriva, se vuole …

Ospitalità

Visitammo Manduria, la bella e antica città dei Messapi in Puglia, con degli amici. Ci fa sempre piacere fare da guida agli amici tedeschi attraverso la Puglia, mostrare loro tutti gli splendidi tesori che abbiamo scoperto nel corso degli anni.

Manduria è uno di quei tesori.

Naturalmente, come sempre, avevo con me la macchina fotografica pronta allo scatto. C'è così tanto da vedere qui, che non riesco mai a fare abbastanza foto.

In uno dei vicoli angusti, nell'antico ghetto ebraico, scorsi una terrazza ricoperta di fiori, che appariva come un'immagine particolarmente bella. Perciò sollevai la macchina fotografica e osservai meglio il mio soggetto con lo zoom.

Un attimo dopo abbassai la macchina fotografica con imbarazzo. Mi sentii come una guardona. Una signora ci guardava attraverso i fiori e le foglie.

"Buon giorno, Lei vive in una magnifica città", le dissi ad alta voce, come per scusarmi di essere stata così invadente con la mia macchina fotografica.

"Si", rispose, illuminandosi in volto. "Vuoi salire? Quassù è ancora più bello!"

"Ma …" Ero confusa e al contempo imbarazzata, terribilmente curiosa e assolutamente titubante.

"Quanti siete!", chiese.

"Siamo in quattro. Due coppie", risposi, sempre con una certa incredulità.

"Salite", disse.

Poco dopo era già sulla porta e ci invitò ad entrare. Un po' confusi la seguimmo su per una scala stretta, molto semplice ma estremamente pulita.

Al primo piano ci accolse un signore più anziano, che cortesemente ci fece segno di entrare.

Della famiglia facevano parte anche due figlie: evidentemente essi avevano appena finito di pranzare e si scusarono di non avere più nulla per noi. Ma un caffè dovevamo proprio prenderlo con loro.

Venimmo a sapere che la famiglia conduceva una vita piuttosto modesta. Il padre faceva il muratore ed era disoccupato, la madre dava una mano in casa di tanto in tanto presso altre famiglie. La figlia maggiore aveva un lavoro della durata di tre mesi in città. La minore andava ancora a scuola.

I quattro non sembravano scontenti bensì sereni e pieni di fede in Dio: un atteggiamento che ci mise in imbarazzo.

Dal soggiorno passammo sulla terrazza che aveva l'aspetto di un giardino paradisiaco. Dio, cosa era stato piantato in vasi e cassette per fiori! Erbe d'ogni tipo, frutta, verdura …

Che momento! Sì, eravamo in un piccolo giardino dell'Eden e capimmo improvvisamente perché quella famiglia poteva ancora essere così tanto felice pur nella sua povertà.

Mi era consentito di fotografare tutto ciò che volevo. Ma questa brava gente evidenziò tutte le sue perplessità, quando cercai di fotografare i membri della famiglia. Però io non insistetti perché i loro volti interessantissimi mostravano ogni loro titubanza.

Eravamo molto grati per quest'ospitalità naturale e spontanea. Quando ci salutammo dopo il caffè e il liquore fatto in casa, promisi loro che sarei ritornata. Raramente mi sono sentita così ricca.

L'anno successivo facemmo nuovamente visita alla famiglia. Tra i bagagli avevamo un flaconcino di profumo e una bottiglia di liquore tedesco e naturalmente le nostre foto. La gioia fu enorme. Volevano perfino invitarci a pranzo. Spiegammo al padre e alla madre che avremmo mangiato volentieri con loro un'altra volta, ma per quel giorno avevamo già un invito. Fortunatamente accettarono le nostre scuse.

Ma insistettero per mostrarci il loro quartiere, il ghetto ebraico, e ci condussero fino al negozietto della figlia maggiore, che era riuscita a rendersi autonoma vendendo oggetti di artigianato. Ovviamente comprammo una cosetta come ricordo di quel giorno particolare.

Visitammo insieme il duomo, ascoltammo dalla signora la storia emozionante del quartiere e ci ripromettemmo di visitare, la volta successiva, la piccola enoteca nascosta o uno dei ristoranti appartati che di sera si protendevano con i tavoli traballanti negli angusti vicoletti.

Soddisfatti della nostra esperienza e della prorompente cordialità della signora e della sua amabile famiglia, ci congedammo e promettemmo di conservare nel cuore il ricordo di Manduria e dei suoi abitanti. Si, saremmo tornati, ogni volta …

Trovo particolarmente confortante il ricordo di questa famiglia e d'entrambi gli incontri con loro, quando mi sento insoddisfatta di me e della mia vita.

Ricordi ... I ricordi sono sempre qualcosa di particolare.

La nascita del tesoro di papà

Diventare padre è una questione dannatamente difficile ed emotiva. Soprattutto in Italia. Ci vuole l'erede maschio. Oggi come un tempo e allora molto più di oggi.

In questo senso deve essere letta la storia di Maria e suo padre Giovanni.

Quando Giovanni e la sua Elena aspettavano il loro primo figlio, erano incredibilmente orgogliosi e felici. Che fosse una bambina, beh, non era affatto male. La piccola Anna doveva essere il ritratto incantevole di mamma Elena, concluse papà Giovanni.

Per cinque anni egli giocò entusiasta con la bambolina in carne e ossa, finché Elena arrossendo dichiarò di aspettare di nuovo un bambino.

Giovanni si recò a lavoro fiero e impettito. A chi ebbe voglia di ascoltarlo, raccontò che finalmente sarebbe venuto al mondo suo figlio. Non poteva essere diversamente, di sicuro.

E poi a questo punto…

Oh, ho dimenticato di dire che a quel tempo, più di sessant'anni fa, i bambini nascevano a casa. Solo pochissimi avevano il denaro per andare in ospedale. A casa c'erano una levatrice e le parenti a dare una mano.

Con Elena c'erano la mamma, la suocera e la levatrice della città, la signora Gilda.

La signora Gilda fu molto risoluta. Quando ad Elena iniziarono i dolori, ella mandò gli uomini in cucina: papà Giovanni, i nonni Mario e Angelo e zio Antonio, che era quasi più nervoso del futuro padre.

Nella camera da letto il parto ebbe inizio. Ogni urlo di Elena veniva commentato in cucina con un "ohi, ohi, ohi" maschile a quattro voci. No, gli uomini non volevano davvero sapere ciò che accadeva di là!

Poi risuonò un grido acuto e il forte vagito del neonato echeggiò fino alla cucina.

"Così urla solo un maschio", osservò zio Antonio con estrema convinzione.

Giovanni balzò in piedi, strappò la giacca dal gancio nel corridoio e corse giù per la scala a grandi passi.

"Ho un figlio", urlava a destra e a sinistra, finché raggiunse il bar, dove lo aspettavano già i suoi colleghi. Alla fine tutti seppero quanto fosse importante quel giorno.

Bevvero alla salute del bimbo, della mamma, del papà e al futuro. Il nome era già stabilito da tempo. Il piccolo doveva chiamarsi Mario, come il padre di Giovanni.

"Diventerà sicuramente macchinista", disse uno dei colleghi.

"O vigile del fuoco", suggerì un altro.

Ma Giovanni ribattè. "I miei figli studieranno! Mio figlio sarà avvocato o dottore o …"

In quel momento non gli venne in mente nient'altro. Tutti i grappini che aveva bevuto alla salute del neonato, il suo erede maschio, gli avevano offuscato il cervello.

"Allora, che aspetto ha tuo figlio?", chiese il collega vicino.

Giovanni rimase sorpreso. Non aveva ancora visto il piccolo Mario! Cominciò a balbettare, tirò fuori un paio di banconote dalla tasca per pagare il conto e si avviò silenzioso verso casa. Stupidamente non passò neppure davanti ad un fioraio. Beh, avrebbe comprato dopo un gioiello particolarmente bello per la sua Elena.

Preso da questo pensiero entrò in casa, dove suo padre e suo suocero volevano prepararlo alla sorpresa. Ma Giovanni non diede loro ascolto, spinse da una parte i due uomini preoccupati e si precipitò nella camera da letto.

Elena lo guardò raggiante. "Dove sei stato fino ad ora, amore mio? Non vuoi vedere il nostro tesorino? Guardala, non è dolce?"

Guardala? Giovanni indietreggiò spaventato. "Non può essere", balbettò sconvolto. "Questo non è mio figlio!"

Elena sorrise dolcemente. „No, cuore mio", rispose teneramente. "Questa è nostra figlia Maria!"

Giovanni era troppo scioccato, troppo deluso per guardare più da vicino quella cosina incantevole tra le braccia di Elena. In realtà ci volle più di una notte e per tutto il tempo egli dubitò di sé e delle sue capacità e si lamentò della propria sorte.

Negli anni successivi prestò sempre attenzione alla piccola quando, più come un maschietto, al suo fianco diventò un' "artigiana". Non che non la amasse, no, non era questo. Era solo che gli mancava il figlio maschio.

Questo alla piccola Maria non pesò molto. Diventò una ragazza bellissima, una giovane donna incantevole e in gamba. Dal suo amato papà imparò molto più delle altre ragazze tipicamente italiane, che non sapevano distinguere un martello da un cacciavite.

Maria sapeva farlo, perfino in abito da sera e tacchi alti. Dio, papà ne era così fiero!

- Alla mia amica Maria di Taranto. -

Bocciata come nuora

Sissi era dolce, aveva sedici anni ed era estremamente entusiasta delle fantastiche vacanze a sud dello Stivale.

Già, laggiù la graziosa tedesca, che non sembrava affatto tedesca, aveva trovato la sua Italia, il suo paradiso, esattamente così come lo aveva sognato.

Dalla tenda da campeggio si arrivava direttamente sulla spiaggia bianca, fino al mare dal blu infinito. Era proprio questo blu, impossibile da descrivere a parole, che Sissi non avrebbe mai più lasciato.

Su questa spiaggia s'incontravano ogni sera i giovani campeggiatori, un vivace gruppo di ragazzi provenienti dei paesi più svariati. Vino rosso, falò al chiaro di luna sotto il cielo stellato e canzoni italiane dal mangiadischi creavano un'atmosfera romantica.

Gli allegri balli di gruppo sulla sabbia finivano molto spesso nelle calde acque cristalline del Mar Ionio.

Una di queste sere Beppi portò con sé Roberto, che somigliava un po' ad Omar Sharif da giovane. Orgoglioso, egli presentò suo fratello maggiore e spiegò che Roberto studiava fisica atomica a Pisa.

A Roberto tutto ciò non andava bene. Era piuttosto timido e non amava molto prendere parte ai divertimenti. Solo gli sguardi che lanciava a Sissi erano segno della sua effettiva presenza.

"Dove sei?", chiedeva di tanto in tanto Beppi.

"Qui, Beppino, qui!"

"Dai, balla con noi! E' divertente!"

Ubbidiente Roberto si alzò e s'inchinò un po' formalmente davanti a Sissi. "Balliamo?", domandò.

Sissi non lo capì, ma annuì. "Non so ballare molto bene", lo avvertì. Ma anche lui capì ben poco.

A fine serata tutte le difficoltà linguistiche erano scomparse. Cuore e sentimento avevano preso il sopravvento. Con tre parole di italiano, due di tedesco e un po' d' inglese, i due erano riusciti a darsi appuntamento per il giorno successivo.

E per quello ancora dopo …

Da quel momento in poi Sissi e Roberto furono inseparabili. E la mamma di Sissi era preoccupata.

Si tranquillizzò di nuovo, solo quando venne a sapere che la famiglia di Roberto era molto all'antica e aveva stabilito che Beppi badasse a Sissi. Il giovane studente si era presentato formalmente ai genitori della sua amata tedesca e aveva guadagnato la loro stima.

Così Sissi trascorse delle dolci e liete vacanze romantiche e pensò addolorata alla loro fine. Sarebbe stato difficilissimo per lei separarsi da Roberto.

Teneri baci al chiaro di luna e romantici balli sotto il cielo scintillante di stelle, il lieve sciabordìo delle onde sulla spiaggia …

Qualunque cosa fossa successa, Sissi avrebbe lasciato il suo cuore in questo piccolo paradiso italiano, per sempre, questo era certo.

Un paio di giorni prima della fine delle vacanze Roberto arrivò con una Fiat 500 nuova di zecca, un *Topolino* blu scuro con sedili rossi.

"E' un regalo dei miei genitori, perché ho superato il mio primo esame", spiegò a Sissi, finché lei comprese. Poi la invitò a fare un giro.

Era un po' strano per lei percorrere tutta sola con Roberto la litoranea verso Taranto. Egli parcheggiò due o tre baie più in là e la aiutò a scendere dall'auto da vero gentleman.

"Mia mamma ci aspetta", spiegò, con atteggiamento quasi un po' troppo sottomesso.

Ma Sissi fortunatamente non capì. Sull'altopiano roccioso era seduta la famiglia di Roberto sotto l'ombrellone e guadava impaziente verso i nuovi arrivati: c'erano mamma Rosanna, nonna Maria Margherita, zia Annarita, tutte vestite con discreti abiti neri, e un altro paio di signore più giovani e più anziane, i cui nomi sfuggirono a Sissi, totalmente shoccata.

Sin dal primo momento fu chiaro, che non era la benvenuta. Le fu permesso di sedersi sui nudi scogli in pieno sole e non le fu offerto neanche un bicchiere d'acqua. Tuttavia Sissi si sforzò di rispondere al meglio ad ogni domanda. Si parlava in inglese.

Sissi sentiva che quella gente disapprovava i suoi modi aperti e le répliche alle loro domande. Non desiderava altro che farsi un bel pianto tra le braccia di sua madre.

Finalmente Roberto trovò abbastanza coraggio, si mosse a compassione e la riportò al campeggio.

"Ci vediamo domani, bella mia!"

Il bacio con cui la salutò aveva un sapore amaro. I romantici sentimenti di Sissi erano svaniti.

Quella notte Sissi si congedò dall'amore delle sue vacanze. Non aveva parlato con sua madre. Intendeva farlo, quando la sua piccola avventura si fosse davvero conclusa.

Roberto le rese tutto più semplice e al contempo difficile, quando la sera successiva andò a prenderla e la condusse su una spiaggia appartata particolarmente romantica. Mai come allora, alla luce argentea della luna egli somigliava a Omar Sharif e sembrava un principe orientale.

"Sissi, bellissima, vuoi sposarmi?"

La sua voce era così suadente e il cuore di Sissi sussultò un paio di volte in modo assurdo. Ma proprio allora rivide dinanzi agli occhi la mamma di Roberto, la nonna, le zie e le cugine. D'un tratto le fu chiaro che avrebbe dovuto rinunciare alla sua libertà, se avesse accettato. Non avrebbe mai più potuto mangiare un gelato da sola o con le amiche o andare a ballare. Sarebbe vissuta all'ombra di questa suocera veramente molto severa e spietata.

Suocera!

La sola parola la spaventò profondamente, la scosse e sperò che Roberto non se ne fosse accorto.

Alla fine Sissi si calmò abbastanza da potergli rispondere. Con voce velata e terribili errori nel suo inglese, gli fece notare che in Germania non si usava sposarsi così presto, tanto più che lei non aveva ancora concluso la scuola e i suoi genitori desideravano che ricevesse un' istruzione ragionevole. Se lui avesse voluto aspettarla fino ad allora ...

Fu un addio definitivo e triste. Nei giorni successivi Roberto non tornò al camping.

E questo rese le cose più facili a Sissi. Si riprese velocemente e sostituì la parola 'mal d'amore' con 'bel ricordo'. Non riusciva quasi a capire come ci fosse riuscita tanto facilmente. Fu per lei segno d'amorevole sostegno il fatto che sua madre non le avesse fatto pressione e non le avesse chiesto nulla.

Circa sei settimane dopo il loro ritorno in Germania, Sissi ricevette una lettera scritta su carta pregiata e con bordo dorato. Era l'annuncio di matrimonio di Roberto, il figlio di buona famiglia, con Gabriella, la nuora tanto desiderata, di famiglia ancor più prestigiosa.

"Mamma, guarda!", urlò Sissi eccitata. "Omar Sharif si sposa!"

Sua madre sollevò infastidita gli occhi dalla sua lettura. "Sissi, che idea è mai questa?"

"Leggi tu stessa!" Sissi si mosse ridendo e danzando attraverso il salotto. "Ora quella cornacchia nera ha avuto ciò che voleva! Quella non poteva sopportarmi e aveva paura che accalappiassi il suo cocco! No, certa, gente, non mi avrà mai!"

La mamma rise di gusto.

Desiderio di sicurezza

In Italia la sicurezza è una faccenda complicata. In molte case grandi il portinaio è seduto al pianterreno in un gabbiotto di vetro. Non è così facile passargli davanti inosservati.

Interi condomini sono recintati e al portone vi è un custode pagato da tutti gli inquilini, un guardiano che fa sì che la proprietà degli abitanti sia al sicuro. E dove non c'è il guardiano, gli appartamenti sono provvisti di fantastiche porte blindate con otto serrature. Otto! E ovviamente tutte le finestre e le tapparelle o le persiane vengono sempre chiuse ermeticamente, quando si lascia l'abitazione.

Era così anche per Aurelio, che abitava al centro della città e voleva proteggere la sua casa e i suoi beni. Ogni qualvolta Aurelio lasciava il suo appartamento, sprangava tutto a regola d'arte. Lo fece per anni.

Un giorno tornò a casa con l'unico desiderio di prepararsi una meravigliosa cenetta italiana. Poggiò le pesanti buste della spesa, tirò fuori le chiavi e le infilò nella serratura. Mentre le girava, stava già scegliendo mentalmente quale ricetta preparare. Tuttavia un attimo dopo dimenticò la cena.

La porta non si apriva. Neppure dopo il secondo e il terzo tentativo.

Aurelio batté il pugno contro la porta, la prese a calci, ci martellò sopra. Ma non servì a nulla. La chiusura ad otto mandate non si sbloccava. Non c'era possibilità d'accesso al suo appartamento.

In preda alla disperazione Aurelio telefonò ad un amico. Naturalmente Riccardo e sua moglie Maria Luisa arrivarono subito per aiutare il povero uomo chiuso fuori. Ma anche i tentativi di Riccardo di aprire la porta fallirono.

Allora si sedettero tutti e tre nella fredda tromba delle scale. La verdura nelle borse della spesa emanava un profumo appetitoso e i loro stomaci facevano capire chiaramente che erano vuoti e aspettavano di essere finalmente riempiti.

Quando Aurelio decise di chiedere aiuto ad altri amici, era già trascorsa più di un'ora. Filippo, di professione ingegnere civile, doveva risolvere il problema definitivamente. In fondo era del mestiere. Intanto sua moglie Brigida, un'affascinante avvocatessa, consolava Aurelio disperato.

Non accadde nulla.

Nel frattempo i vicini osservavano il gruppo riunito nelle scale con sguardi tra l'interessato e il diffidente. Nessuno prestava aiuto.

Non esiste una specie di servizio di pronto intervento di fabbro come lo intendiamo noi. L'unico aiuto in caso d'emergenza sono i vigili del fuoco.

Dopo un ulteriore consulto con gli amici ad Aurelio non restò altro da fare che avvertire i pompieri.

Ciò che accadde allora fu uno straordinario dramma all'italiana, uno di quelli che può solo accadere in Italia, con il temperamento dei nostri amici italiani. Arrivò un'enorme autopompa facendo un gran baccano. I vigili del fuoco sbarrarono la strada, estrassero la scala e raggiunsero il balconcino al primo piano.

La gente accorse per strada. Ci si chiedeva cosa fosse successo. Non si sentiva puzza di bruciato. Le voci si fecero più forti.

Aurelio, totalmente affranto, stava vicino agli amici, si torceva le mani per la disperazione e guardava in su, dove i pompieri forzavano le imposte del suo elegante salone e rompevano la grande vetrata.

"Dio mio", sussurrò.

"Dio mio", mormorò anche l'anziana signora vicino a Brigida. "Povero ragazzo!"

"Chi?", chiese l'avvocatessa pensosa.

L'anziana indicò verso l'alto. "Lui! Beh, vede, il bel giovane del primo piano! Sicuramente si è ucciso e ora vengono a prendere il suo cadavere!"

Brigida fece fatica a soffocare una risata.

"Signora", replicò, invece, in tono volutamente compassionevole. "Guardi! Il cadavere è qui vicino a me!"

"Dio mio", disse con un filo di voce la signora impaurita e si fece il segno della croce.

Intanto i pompieri si erano fatti strada verso la porta dell'appartamento. Allora cominciarono i tentativi di aprire dall'interno. Aurelio aveva dato loro le chiavi. Tuttavia, anche da questo lato la porta non si apriva.

Quando i colpi d'ascia si sentirono fin dalla strada, Aurelio ebbe quasi un collasso. I vigili del fuoco sapevano già come riuscire ad averla vinta con la porta ribelle. E non ci volle molto, finché essa alla fine cedette.

Già, ora la porta era aperta. I pompieri tolsero la scala e se ne andarono. Il conto delle spese sarebbe arrivato nei giorni successivi. La folla curiosa si dissolse. Restarono solo Aurelio e i suoi amici.

"E ora che faccio?", chiese Aurelio impressionato alla vista dell'ingresso spalancato del suo appartamento. "Oggi non me la ripara più nessuno! E quanto costerà tutto quanto! Persiane, vetrate, porta blindata e vigili del fuoco! Credo che impazzirò!"

"Che ne dici, prima, di una gustosa spaghettata a buon prezzo?", suggerì Filippo in tono rassicurante.

Ma Aurelio rifiutò indignato. Non voleva più pensare a mangiare. Né poteva tranquillizzarlo il pensiero degli spaghetti più buoni. Era molto più preoccupato per come avrebbe trascorso la notte nella casa con la porta completamente spalancata, senza che un ladro malvagio lo aggredisse e gli rubasse il riposo notturno e gli ultimi oggetti di valore.

"Devi essere più flessibile", disse Riccardo con estrema gentilezza. "Appoggi la porta davanti all'ingresso. E affinché sia davvero chiusa, ci metti davanti il letto!"

La risposta di Aurelio, un urlo soffocato, fece indietreggiare Riccardo, che cercò di rifugiarsi dietro a Giuseppe. Per poco i due amici non si scagliavano l'uno contro l'altro.

Tutto ciò non sarebbe stato un prezzo troppo alto da pagare per il desiderio d'assoluta sicurezza di Aurelio?

Per fortuna Maria Luisa e Brigida erano ancora lì …

Aurelio non ha mai rivelato se durante la notte abbia tenuto d'occhio di persona la porta di casa. Tuttavia nei giorni seguenti egli fu occupato innanzi tutto a spendere molto denaro per rendere il suo bell'appartamento ancor più a prova di scasso.

Resta solo da sperare che la nuova porta sia antiscasso in eterno, ma che possa essere aperta in caso di necessità.

Esistono davvero porte così intelligenti?

La Guardia di Finanza – uno scherzo italiano

E' risaputo che gli italiani hanno un rapporto ambiguo con il fisco, gli esattori delle tasse e le autorità fiscali. Probabilmente la situazione si è protratta nel tempo e comunque di questo ci sono segni evidenti già nei tempi antichi.

Così il conte Giangirolamo Acquaviva, la cui famiglia giunse nell'Italia meridionale dalla Baviera, trasformò la tranquilla Alberobello nella capitale dei trulli. Egli consentì agli immigrati, uomini senza patria o fuggiti alle leggi d'altre contee, di costruire case senza malta con tetti a punta, che potevano essere demolite velocemente, quando arrivavano i regi esattori delle tasse ed esigevano dal conte dei tributi pro capite sui residenti. Gran parte del luogo dunque risultava inospitale e costituito da un mucchio di pietre e poiché gli abitanti originari cercavano rifugio nei boschi, finché i regi esattori delle tasse non andavano via, il re non riceveva la somma che propriamente gli spettava.

Dopo la partenza degli ufficiali regi, il conte, detto 'il Guercio' a causa di un disturbo della vista, richiamava la gente dai boschi, faceva ricostruire i trulli senza malta e incassava a sua volta i tributi previsti.

"L'impresa di demolizioni" della famiglia Acquaviva funzionò per varie generazioni, finché alla fine gli abitanti di Alberobello si ribellarono a questa follia.

Già, e chi non lo desiderava?

Oggi è la Guardia di Finanza a vigilare sugli italiani e spesso e volentieri li bacchetta a dovere. Le leggi attuali sono come quelle antiche: si preferirebbe eluderle.

In altre parole oggi si dovrebbe portare con sé ogni ricevuta, anche quella del bar all'angolo o quella dei pomodori del mercato, in modo da averla a portata di mano ad un controllo dei gentili signori della Guardia di Finanza.

E se la camicetta acquistata al mercato è costata più di quanto è indicato sullo scontrino, allora è chiaro che la differenza di prezzo è finita con gioia nelle tasche sempre spalancate del commerciante. Così tutti ne ricavano qualcosa, no?

E poiché ognuno da qualche parte, in qualche modo ha imbrogliato o ha comprato o venduto in nero, tutti lo fanno, ma nessuno lo dice. Proprio per questo in ognuno si annida la paura di essere beccati o per lo meno controllati.

Questa sgradevole sensazione, questa diffidenza nei confronti dell'autorità, la provava anche il nostro protagonista, che per semplicità chiameremo Gino Neri, un nome di fantasia per tutelare il vero eroe di questa storia.

Dunque, Gino Neri, noto critico pugliese, doveva tenere una conferenza stampa, da tutti molta attesa, in un elegante hotel sulla splendida costiera amalfitana. Perciò egli si era preparato a lungo e attendeva il momento con molta impazienza.

Già di prima mattina Gino era in piedi davanti al grande specchio della sua stanza elegante. Chissà quale celebrità di fama mondiale vi aveva pernottato e aveva ammirato dalla terrazza lo stupendo mare blu prima di lui. Gino si squadrava scontento. No, non si piaceva affatto, non c'era niente in lui dell'eleganza della stanza e della soave bellezza del paesaggio là fuori e dei primi caldi raggi solari.

"Mamma mia!", sospirò Gino e sollevò le mani in modo teatrale. Era inammissibile che studiasse questi gesti per i giornalisti.

Era la sua nuova giacca elegante ad irritarlo. Le asole erano ancora cucite e questo lo infastidì molto, poiché aveva una fretta tremenda. Probabilmente i signori della stampa lo stavano già aspettando …

Gino trovò un paio di forbicine con cui ritagliò con cautela le cuciture attorno alle asole e proprio in quel momento il telefono squillò.

"Madonna!", esclamò il critico solitamente tranquillo, strabuzzò gli occhi e sollevò di colpo la cornetta.

"Scusi, signor Neri, sono Paolo dalla reception!" La voce sembrava agitata in modo preoccupante. "Deve venire subito!"

"No, ora non è possibile", replicò Gino risoluto senza dare altre spiegazioni.

"Subito", insistette Paolo quasi in falsetto. "Gli ufficiali della Guardia di Finanza desiderano parlarle!"

"Si, ma", aggiunse Gino al contempo spaventato e irritato, ma di nuovo non riuscì a parlare.

"Subito!", gridò Paolo innervosito nella cornetta. E siccome in italiano ha un suono molto più bello e addirittura perfino più insistente, riportiamo l'originale: ***"Subito!"***

Poi non si udì più alcuna voce in linea e Gino, il critico navigato, restò impietrito per un istante. In teoria sapeva di non aver commesso alcun'irregolarità. In teoria …

Ma in pratica …
Beh, a pensarci bene … forse …

Fu tutto inutile. Gino prese la vecchia giacca dal guardaroba e, gambe in spalla, scese in tutta fretta. Essendo preoccupato prese addirittura le scale invece dell'ascensore.

"No!", sentì la voce agitata del receptionist. "Non ho visto il passaporto!"

Gino si sentì subito toccato personalmente da queste parole e si precipitò come una furia nella hall dell'albergo. Fece un respiro profondo. Aveva intenzione di dirne quattro ai signori. Ma che significava questo stupido controllo proprio quella mattina così importante?

Tuttavia mentre avanzava si bloccò. Ogni parola gli restò in gola. Diede un'occhiata nella hall: niente giornalisti, grazie a Dio!

Ma non c'erano neppure gli ufficiali della Guardia di Finanza. Era solo un macabro scherzo dei suoi amici, che ridevano e brindavano alla sua salute davanti alla reception.

"Fregato!", urlò uno di loro allegramente.

Con le gambe tremanti Gino si abbandonò su una poltrona vicina (era lo sforzo per la rapida discesa delle scale o la coscienza sporca?) e si sentì infinitamente sollevato dopo il bicchiere di Prosecco che gli fu offerto. Ci volle un bel po' prima che Gino fosse in grado di ridere con gli amici dello scherzo ben riuscito.

Ma Gino Neri non sarebbe stato Gino Neri, se non avesse cominciato subito a pianificare una vendetta adeguata …

Attendere

Sedersi e attendere: L'attesa come senso della vita. Attendere il sole al mattino, il misero pasto, la figlia, il figlio, i nipoti ...

Attendere ...

Volti i cui tratti raccontano disgrazie, storie del passato, di gioia e dolore, della difficoltà di vivere ...

Attendere ...

Attendere cosa? Attendere la notte, la speranza di riposo e risveglio tranquillo, attendere il prossimo giorno che non porta nulla di diverso ...

Attendere ...

Tristezza negli occhi, talvolta vi balena furbizia, un resto di ciò che è stato un tempo, seguito da un sorriso sdentato, che mostra il desiderio di pace ...

Attendere ...

Attendere l'interesse degli altri, attendere chi vuole sapere come va, perché ci si siede qui, che vuole sapere com'era una volta ...

Attendere ...

Voler essere uomo nell'essere lì, non ai margini, quasi dimenticato, senza futuro. Essere uomo anche nell'attesa della morte ...

Porto con me nel cuore il sorriso come ringraziamento per una parola gentile. Sono grata di aver potuto far parte del suo tempo ...

Statte ...

Oggi Statte è quasi un sobborgo di Taranto. Oggi. E una volta? Forse all'epoca della Magna Grecia il paesino apparteneva già al territorio della capitale greca su suolo italiano in continua espansione?

Antica, infinitamente antica è per lo meno la vecchia conduttura dell' acqua, questa rovina di un tempo lontano, questo resto tangibile di una cultura passata, probabilmente romana, che ha resistito per lunghi anni come un monumento commemorativo, un ricordo, una richiesta, una richiesta che nessuno sembra sentire.

Nell'atmosfera dell'ILVA, ex Italsider, la conduttura giace lì come il paese stesso ed esalerà prima o poi, in un futuro non troppo lontano, anche l'ultimo alito di vita; dovrà far posto all'industria in espansione, alle esalazioni mefitiche delle fabbriche, che appestano il paesino in modo pressoché insopportabile.

Nella calura meridiana anche la piazza antistante all'antica chiesa di Santa Maria del Rosario è deserta. Un anziano signore cerca refrigerio all'ombra di un albero. Nulla si muove.

Un luogo in cui il viaggiatore non si trattiene volentieri. Se mai, probabilmente vuole conoscerne il nome, vuole sapere se la vecchia conduttura dell'acqua appartenga già a Taranto e quale sia la strada più breve per la città dell'oro ...

Questo successe probabilmente all'uomo, che chiese al primo che incontrò come si chiamasse il paese.

"Statte, cumpà", fu la cortese risposta, che tuttavia l'altro fraintese totalmente. In pratica, nel dialetto tarantino 'statte' significa 'resta qui'.

"No, grazie", rispose quello. "Devo proseguire. Voglio solo sapere come si chiama il paese!"

"Statte, cumpà!"

"Il nome!", gridò il forestiero innervosito e mancò poco che si torcesse le mani per la disperazione.

"Statte, cumpà!", fu la risposta non meno innervosita e al contempo confusa.

"No, no", rifiutò l'uomo, "davvero non ho tempo!" e si affrettò a lasciare il paese per lui ancora privo di nome. Non capivano l'italiano qui?

Una domanda che si pose anche il cortese abitante di Statte. Scuotendo la testa, gridò dietro al forestiero: "Statte, cumpà, il nome è Statte!"

Ma questo l'altro non lo sentì …

L'acquisto degli occhiali

In un paesino grazioso e accogliente della Puglia il vecchio Nicola sedeva comodamente in piazza davanti al suo bar preferito. Lì beveva il suo caffè e più tardi un bicchierino di vino. Lì poteva osservare la gente, fare quattro chiacchiere e la vita aveva nuovamente un senso per l'anziano.

Di fronte al bar si trovava la farmacia. Apparteneva al dottor Oronzo Bianchi, che ogni mattina, quando sollevava la serranda d'acciaio, faceva un cenno di saluto a Nicola.

Nicola si sentiva rispettato e onorato da questo saluto. In fondo era solo un contadino che da tempo aveva lasciato il lavoro. Ma poteva sollevare la mano e salutare il dottor Oronzo con un cenno gentile, come se avesse origini regali.

Il farmacista tirava fuori una panca dalla farmacia e la sistemava davanti alla vetrina. Poi richiudeva la porta a chiave e andava al giornalaio lì vicino, Arcangelo, che gli porgeva i suoi giornali, *La Repubblica* e *La Gazzetta dello Sport*.

Nicola non riusciva a distogliere lo sguardo. Era da tanto che osservava lo stimato dottore e ogni giorno questo andava a prendere i suoi giornali, riapriva la farmacia, prendeva posto sulla sua bella panca davanti alla vetrina, metteva gli occhiali e leggeva il giornale.

Aveva un'aria così distinta con quegli occhiali!

Il barista Pippo serviva al suo cliente abituale un caffè e un altro lo portava subito all'altro lato della piazza al farmacista, il quale, pochi minuti dopo, ripiegava il giornale, si toglieva gli occhiali dal naso e scompariva nella farmacia.

Nicola sospirava. E sì, provava grande ammirazione per il dottore, ma era anche un po' invidioso.

Tuttavia, egli sapeva cosa fare per eliminare un po' di quell'invidia!

Nicola andò all'oculista. "Dottore, vedo sempre il dottor Oronzo, il farmacista, che indossa i suoi occhiali e poi si mette a leggere il giornale. Voglio anch'io degli occhiali così!"

L'oculista capì e innanzi tutto visitò gli occhi di Oronzo. Poi venne il difficile. Il dottore inserì una lente graduata dopo l'altra nella montatura e indicò le diapositive delle file di numeri che apparvero sulla parete.

"Ma tu puoi leggere i numeri, Nicola", disse il dottore dopo l'ennesimo inutile tentativo.

Ma Nicola scosse il capo.

"I tuoi occhi sono a posto", gli ricordò il dottore con un profondo sospiro. "Ora puoi riconoscere bene i numeri!"

Poi gli venne in mente che forse Nicola non guardava la diapositiva, perché era terribilmente agitato e nervoso. Perciò prese dal cassetto un libretto scritto con caratteri di diversa grandezza e lo diede a Nicola. In realtà Nicola avrebbe saputo recitare il testo a memoria. Era un brano della famosa poesia di Giacomo Leopardi, *A Silvia*, che ogni scolaro in Italia deve imparare, come da noi i bambini studiano le poesie di Goethe e Schiller.

"Leggi!", invitò il dottore.

Nicola sollevò le spalle con rammarico e scosse il capo. "Dottore, perché non mi dai gli occhiali che hai dato anche al dottor farmacista?"

Commosso il dottore comprese ciò che Nicola voleva davvero. Tolse la montatura dal naso dell'anziano e lo guardò con compassione.

"Gli occhiali del farmacista non ti servono, Nicola", spiegò con cautela e rammarico. "Gli occhiali devono andare bene a te, ma …" Fece una breve pausa.

"Dì, dottore!", insistette Nicola. "Questo 'coso' è così caro? O se no, perché non vuoi darmelo?"

Il dottore sospirò nuovamente. "Dì un po', Nicola", chiese alla fine, "ma hai mai imparato a leggere?"

Come impietrito l'anziano guardò il dottore. Dopo un attimo rispose. "No e perché? Per leggere ho bisogno degli occhiali del dottor farmacista!"

Non fu cosa facile per il dottore spiegare all'anziano che non esistevano occhiali magici.

A capo chino il vecchio Nicola lasciò lo studio medico. Per un paio di giorni non si fece vedere al bar della piazza, tanto era risentito.

Fu di nuovo felice solo, quando, circa due settimane dopo, batté a carte il suo tanto ammirato dottor Oronzo.

E per far ciò Nicola non ebbe bisogno degli occhiali.

Lo spirito della nonna

Benni, Beniamino, è italiano. Appartiene alla seconda generazione, come si suol dire. E' nato e cresciuto in Germania. Ma le vacanze estive le trascorreva da sua nonna in Puglia. Quando i genitori potevano andare con lui, affittavano una casa vicino al mare. Ma in realtà Benni preferiva stare con la nonna.

Furono begli anni, durante i quali egli riuscì abbastanza bene a imparare l'italiano e il dialetto di sua nonna. Se fosse dipeso da lui, questa splendida vita sarebbe potuta continuare così per sempre.

Tuttavia l'anziana signora Maria morì e Benni lasciò tutto e andò immediatamente in Italia al funerale dell'amata nonna, dalla quale non avrebbe mai potuto separarsi!

Ma era lì la casa in cui egli si era sempre trovato così bene. Benni decise che avrebbe abitato lì, dove si sentiva particolarmente vicino alla nonna.

Ma questo i parenti, gli zii, le zie e i cugini non lo compresero.

"Non hai paura?", gli chiesero a turno. "Così tutto solo nella casa di una morta e il suo 'spirito' …"

Benni rise, per la prima volta dalla morte della signora Maria. Si, i cari amici e parenti italiani! Non riusciva proprio a capire le loro idee riguardo a negromanzia, superstizione e mistica!

Non aveva ancora mai pensato agli 'spiriti'. Certo non voleva cominciare proprio ora! Scuotendo il capo ignorò le facce preoccupate, il mormorio ed i gesti scaramantici di tutti i parenti più anziani.

Era diventato già troppo, troppo tedesco, si era allontanato così tanto dalle tradizioni della sua patria italiana?

Dopo il funerale (era arrivato puntuale in paese), prese la nuova valigia, preparata personalmente da sua madre e si avviò con un forte batticuore verso la casa di sua nonna.

Salutò ogni stanza, accarezzò i braccioli delle poltrone, le cornici dei quadri, le copertine all'uncinetto e ovunque avvertì la presenza della signora Maria, una presenza lieve e muta. Benni ebbe la sensazione di essere tornato a casa.

Durò un po', finché ebbe il dolore sotto controllo e poté andare nella sua vecchia stanza. Era troppo difficile per lui separarsi dai ricordi!

Quando aprì la valigia, Benni scoprì che sua madre ci aveva messo quegli orribili pantaloni corti, l'ultimo regalo di compleanno della defunta nonna, l'unico paio che proprio detestava. Non sapeva se ridere o essere in collera con sua madre.

"Scusa nonna", disse piano e decise di lasciare l'odiato capo d'abbigliamento in valigia e di mettere quest'ultima sul vecchio armadio.

Nei giorni successivi il dolore scomparve e lasciò il posto al ricordo affettuoso dell'estinta. I giovani si ritrovavano di nuovo allegramente sulla spiaggia e Benni si unì a loro volentieri. Naturalmente con l'abbigliamento che preferiva e che non piaceva né a sua madre, né alla nonna.

Benni s'incontrava regolarmente sulla spiaggia con i suoi cugini e amici e facevano una gran baldoria. Poiché egli non beveva alcolici, guidava volentieri e portava tutti a casa senza pericolo. Metteva nel parcheggio la macchina, la rumorosa utilitaria della nonna e faceva a piedi gli ultimi metri verso casa.

Benni non avrebbe saputo dire cosa ci fosse di diverso quella sera rispetto ai giorni precedenti. Beh, era inquietante, per lo meno un po'. Era buio pesto e nei vicoletti non c'erano né cani né gatti. Il vento faceva sbattere le serrande di negozi e garage, tanto da far credere che tutti quelli dell'aldilà se ne fossero andati a spasso.

Sciocchezze, si disse Benni. I suoi amici in Germania ne avrebbero solo riso. E fino ad allora Benni non aveva ancora sentito nulla degli spiriti!

Giunto in casa, decise di non dormire nella sua stanza. Il letto della nonna era bello grande ed egli era piuttosto stanco, desiderando la vicinanza di qualcuno, la 'sua' vicinanza. Di certo lei non avrebbe avuto nulla in contrario se lui avesse usato il suo letto.

Benni si addormentò subito, ma non fu un sonno tranquillo. Già verso le sei si svegliò con la sensazione che qualcosa non andasse bene.

E poi si rese conto di cosa fosse!

Quando si era messo a letto dopo essere rientrato, indossava solo, scusate, le mutande. Ora, risvegliatosi, aveva addosso, in realtà, quegli stupidi ridicoli pantaloni corti, che sua madre aveva messo in valigia e che lui aveva relegato nell'angolo più profondo della valigia stessa.

Chi glieli aveva messi? Forse lo spirito della signora Maria? Non lo avevano forse avvertito tutti di quanto poteva accadere nella casa della defunta?

Benni si guardò allo specchio sbalordito. Nessuno gli avrebbe creduto! Di sicuro in Germania gli avrebbero riso in faccia e lo avrebbero chiamato 'racconta balle suonato'! E in Puglia?

Tutta la faccenda era così inquietante per Benni, che non volle trascorrere da solo la notte seguente in casa. Si confidò con suo cugino Carlo e gli chiese aiuto.

Ma Carlo si rifiutò categoricamente. "Beniamino, se ci avessi ascoltato, non avremmo questo problema. Non voglio neppure immaginare, che altro possa succedere lì. Ma senz'altro puoi venire a stare da noi."

Benni accettò l'invito e si trasferì immediatamente da zia Rosa e zio Tonio.

"Allora, hai paura?", chiese zia Rosa con un sorriso molto strano.

"No", rispose Benni bruscamente, "solo rispetto!"

Rispetto per la defunta nonna, rispetto per le superstizioni dei suoi compaesani e rispetto per la sua spiacevole sensazione.

E questo tarlo continuò a roderlo. In fondo fino alla sua partenza ... no ... fino ad oggi, egli non ha saputo spiegarsi come diavolo fosse finito in quei pantaloni.

- Tratto da un'esperienza di Beniamino O. -

Un brindisi agli sposi

Imma e Mimmo vivevano insieme già da un'eternità in un paesino a sud della penisola salentina. Più che gli anni di matrimonio, conoscevano con precisione il numero dei figli e dei nipoti. Imma aveva dato a suo marito otto figli, cinque maschi e tre femmine. Tutti avevano fatto strada, si erano sposati e avevano dato dei nipoti ai loro genitori.

Imma e Mimmo avevano pianto la morte del figlio maggiore e della sua famigliola. Pino, Anna ed entrambi i figli Mimmino e Lara avevano perso la vita in un incidente stradale. Il dolore continuava ad essere molto intenso.

Era anche molto difficile sopportare il fatto che quattro dei figli fossero andati all'estero. Imma piangeva amaramente, quando pensava ai suoi figli.

Elena viveva con la famiglia a Milano, ma durante le vacanze scolastiche le piaceva tornare a casa.

Luciano si occupava del piccolo negozio di generi alimentari dei suoceri e si era trasferito a Maglie con la moglie e la piccola Antonietta.

Solo Colatina, che non aveva figli, viveva col marito nella casa paterna e sopportava la nostalgia della madre.

Ma tutto ciò doveva finire, si era ripromessa e ai suoi fratelli aveva dato filo da torcere. Le nozze d'oro dei genitori dovevano essere una festa gioiosa, a cui tutti, ma proprio tutti, dovevano partecipare.

I fratelli lo promisero volentieri.

I festeggiamenti dovevano aver luogo in una bella masseria, che non solo si trovava in un luogo splendido ed era nota per l'ottima cucina, ma aveva anche abbastanza camere per i numerosi invitati.

Stefano, sua moglie Dana e i figli Piero, che ora si chiamava Pete, e Salvatore arrivarono dall'America insieme a Mario, Sabina e alla piccola Lorella. Angelo, Rosa e i figli Paolo, Sara e la piccola Madia vennero dalla Francia. Angelina lasciò subito la Germania per un paio di settimane di vacanza con Giuseppe e la dolce Giannina.

Imma e Mimmo erano raggianti di gioia. Non erano loro più necessari né regali, Né festa!

Ma non avevano fatto i conti con Colatina! Erano lei e suo marito che dirigevano tutto. Berto aveva mandato a tutti i parenti e agli amici il bell'invito stampato in oro, perciò erano attesi numerosissimi invitati.

Alla fine quasi settanta persone si accalcavano attorno ad un tavolo lunghissimo a forma di elle e acclamavano la coppia.

Imma aveva le lacrime agli occhi e faticava a non singhiozzare. Anche Mimmo continuava ad asciugarsi gli occhi.

All'una e mezza fu servito il primo piatto di antipasti. Mentre ancora il cameriere aiutava gli ospiti nella scelta, Imma balzò in piedi.

"Carissimi, brindiamo a questa splendida giornata che ci ha riuniti così in allegria!"

Sollevò poi il suo bicchiere di prosecco verso gli ospiti e lo bevve tutto d'un sorso. Poi si risedette con un sospiro di felicità. L'applauso fu caloroso. Uno dei camerieri versò dello spumante nel bicchiere di Imma, solo un sorso per sicurezza.

Poco dopo la festeggiata ricordò di aver dimenticato qualcosa d'importante. Balzò in piedi di nuovo e sollevò il bicchiere.

"Un brindisi al migliore di tutti i mariti!", disse commossa. "Ti ringrazio, carissimo Mimmo, di aver resistito così a lungo con me!"

Imma svuotò il bicchiere tra uno scroscio d'applausi generali e le grida 'brava'.

Mimmo non volle essere da meno. Baciò la sua Imma e afferrò il suo bicchiere di prosecco.

"Un brindisi al cuore d'oro di mia moglie!" La sua voce esprimeva un amore profondo. "A lei devo un mucchio di figli meravigliosi, figli acquisiti e nipoti!"
Gli invitati applaudirono esultanti, ovviamente dopo un altro sorso di prosecco.

Ciò che successe dopo per poco fece disperare il personale della cucina. Gli invitati quasi non mangiarono tutte le deliziose squisitezze. Uno dopo l'altro fecero un brindisi ai festeggiati, alla loro vita insieme, talvolta difficile, ai figli e alla felicità che essi avevano donato ai genitori.
Non furono dimenticati neppure il defunto Pino e la sua famiglia. Era stata un'idea della prozia Margherita, che, per evitare che la tristezza prendesse il sopravvento, fece subito

il brindisi successivo a tutti coloro che erano già in Paradiso, e che sicuramente quel giorno guardavano contenti dal cielo i numerosi invitati.

Zia Zita, un donnone, lontana parente, che aveva lasciato l'amata Sicilia in onore delle nozze d'oro, raccontò con parole divertenti come un giorno il bel Mimmo chiese in sposa l'ancor più bella Imma. I piccoli simpatici segreti di famiglia che furono svelati divertirono familiari e amici.

Per fortuna ci fu tempo a sufficienza affinché per lo meno i restanti antipasti trovassero posto nelle pance capienti e di certo affamate.

Il discorso successivo, quello di Gianni, il genero più grande, fu talmente lungo che il primo piatto fu mangiato freddo. Erano paccheri, dei rotoli di pasta corti e molto grossi ripieni di ragù, su un letto di verdure tagliate molto sottili.

Gianni ringraziò i suoceri per l'amore e l'affetto che avevano sempre nutrito senza riserve anche nei confronti di generi e nuore.

Imma si commosse di nuovo fino alle lacrime. Sollevò il bicchiere (stavolta il primitivo rosso scuro brillante), abbracciò Gianni, lo tenne stretto a sé e disse a voce alta rivolta agli invitati: "Un brindisi, no, non solo un brindisi ai miei amati figli!" Svuotò di nuovo il bicchiere e lo porse contenta al cameriere.

Fu poi il turno di Mimmo e delle sorelle, una per una, e ancora una cugina, un cugino …

Si erano già fatte quasi le sette, allorché finalmente passarono molto euforici al dessert: scorzette di frutta flambé e gelato per i bambini.

Il brindisi successivo fu alla cucina, ai camerieri, al proprietario della masseria, al futuro e ancora e ancora e ancora …

Intanto Mimmo badò che ad ogni brindisi la sua Imma bevesse solo piccoli sorsi. Anch'egli fece lo stesso e fu felice quando riuscì ad avere una bottiglia di acqua minerale.

"Carissima, dobbiamo fare attenzione, altrimenti finiamo a terra davanti ai nostri invitati", mormorò a Imma.

"Mimmino, tesoro mio, non succederà", gli rispose piano. "E' già da un po' che bevo acqua."

Seguirono ancora un paio di brindisi da parte degli invitati che non avevano ancora avuto modo di farlo.

"Adesso tocca anche a me!" Si fece avanti Giannina con la boccuccia sporca di gelato. La bimba di sei anni parlava un italiano buffo con accento tedesco. Era già da tanto che viveva con i genitori in Germania.

Tutti risero.

"Vieni, bambina mia", le disse Imma dolcemente. "Voglio sentirti!"

Giannina prese il suo calice da spumante con l'acqua minerale e il gattino di pezza. In piedi tra i nonni brindò con entrambi, il che suscitò un grande applauso: i tre formavano proprio un quadretto incantevole.

"Nonna Imma e nonno Mimmo, siete i nonni migliori del mondo", disse Giannina con voce squillante e con gran convinzione. "Vorrei che facessimo ancora tante belle cose insieme!"

Imma abbracciò la piccola, Mimmo cinse moglie e nipote con le sue braccia forti e improvvisamente fecero a gara a chi singhiozzava di più. Non sentirono l'applauso di familiari e amici e non si accorsero neppure che fu versata qualche lacrimuccia.

Allora l'amica di Imma, Annalena, portò le bomboniere, dei pacchetti dorati con i confetti. Sui pacchetti c'erano delle piccole cornici con la foto degli sposi. Fiocchi dorati e bianchi e roselline di seta dorate completavano la graziosa creazione.

"Guarda, Imma, le bomboniere le abbiamo fatte io e le tue vicine, con l'aiuto di Colatina. Speriamo che vi piacciano!"

Un ulteriore brindisi era d'obbligo. Né gli sposi né gli invitati erano stanchi di trovare nuove massime e nuovi auguri da accompagnare con un brindisi.

Infine, a conclusione della festa, il capocameriere portò la torta su un carrello. Era a tre piani ed era decorata con mandorle dorate. Al primo piano degli anelli dorati si intrecciavano attorno alla torta. Il secondo piano era decorato con la data di nozze e le iniziali dei nomi di glassa dorata. E sull'ultimo piano c'era una piccola panchina con una deliziosa coppia di sposi già di una certa età.

Gli invitati non avevano mai visto una torta così bella.

Imma versò lacrime di gioia, quando diede il primo taglio insieme al suo Mimmo, proprio come cinquanta anni prima.

Quando la torta fu distribuita, Imma e Mimmo sollevarono insieme i bicchieri per un ultimo brindisi. Tra gli applausi e le allegre risate generali, lo sposo portò fuori la sua sposa.

"Il resto non vi riguarda!", disse agli invitati.

E la sposa arrossì come una ragazzina.

Finito

Finito.
Concluso.
Una vita goduta.
Quel che resta è dolore,
è sofferenza e lontana, vaga nostalgia.

Duole.
Fa male.
Ah, perché il sole risplende?
E col tempo
dal dolore hai raggiunto il ricordo.

Morte.
Solo.
Lasciare questa terra.
Anche il dolore cessa.
E la tristezza si trasformi in una nuova gioia.

L'incontro con "l'altro mondo"

Successe molti anni fa. Così mi raccontò Giuseppe. Era ancora un bambino e viveva in un paesino a sud dello Stivale, quando accadde la storia che segue.

Si sa che i cimiteri, soprattutto dell'Italia meridionale, sono molto diversi da quelli tedeschi. Laggiù si costruiscono delle vere e proprie piccole abitazioni. E chi non ha abbastanza denaro, risparmia per avere almeno una tomba di pietra per non finire, beh diciamolo, in un loculo.

La storia di Giuseppe, realmente accaduta, riguarda proprio una tomba.

Era un'estate torrida e nel cimitero fuori del paese stavano lavorando. Vicino a una tomba c'era già il sarcofago di pietra, ovviamente aperto e vuoto. Poiché là dentro c'era una piacevole frescura, Antonio, il muratore, ci mise la sua bottiglia d'acqua. All'ora di pranzo andò a casa. Tornò solo nel tardo pomeriggio per continuare a lavorare.

Anche Luciano, il giardiniere del cimitero, aveva fatto la pausa pranzo, ma non era tornato a casa. Dopo aver mangiato, cercò un posticino fresco e tranquillo per schiacciare un pisolino. Lo trovò proprio in quel sarcofago ancora disabitato.

In qualche modo doveva essersi addormentato e si risvegliò solo, quando sentì avvicinarsi dei passi e per prudenza si rannicchiò. Non voleva essere sorpreso a poltrire.

Era Antonio che aveva già scavato e lavorato duramente, perciò, nella calura estiva, gli era venuta sete. Senza guardare nel sarcofago, egli afferrò la bottiglia dell'acqua.

Allora una mano fredda si allungò verso di lui.

Avrei voluto vedere la sua espressione, quando Luciano con le sue dita 'fresche di tomba' strinse la mano calda di Antonio: quasi un saluto dall'aldilà!

Spaventato a morte, Antonio andò via di corsa come se fosse stato inseguito da migliaia di diavoli. Lungo tutta la strada verso il paese non fece che urlare: "Mi ha toccato! Il Cupo Mietitore mi ha toccato!"

Non fu possibile convincere Antonio a tornare al cimitero. Ci volle molto tempo prima che capisse che era stato il suo amico Luciano e non la Morte a provocargli tutto quello spavento.

I bambini del paese e anche Giuseppe, furono molto colpiti da questo 'incontro con l'altro mondo'. Non erano per niente sicuri su quale fosse la verità: quella di comare Morte o quella del giardiniere appena svegliatosi …

Gli spiriti che non ho mai evocato ...

Questa storia è ispirata ad un avvenimento realmente accaduto in una paese della Puglia e che mi è stato raccontato da un'amica. L'ho solo abbellito un po' e ho modificato i nomi.

Tutto era tremendamente triste. Giuseppe era morto quel mattino di primavera e non si poteva far nulla. Lui e Maria erano stati sposati per quasi cinquant'anni, quasi cinquant'anni felicemente infelici o infelicemente felici. Maria non avrebbe saputo dire se ci fossero stati amore, felicità e soddisfazione, oppure anzitutto l'abitudine, i figli e infine l'impegno preso come promessa davanti a Dio e alla Chiesa.

Solo di una cosa era certa: lui le mancava e lei era profondamente addolorata. Si aggrappava alle sue figlie, Maria Giovanna e Maria Peppina e rivolgeva sguardi supplichevoli al figlio Giovannino, ora capofamiglia. Giovannino era un bravo figlio. Aveva organizzato la veglia funebre come si conveniva. Il feretro del padre era stato collocato nel salotto della piccola abitazione, da dove, il mattino seguente, al termine delle preghiere, sarebbe stato portato in chiesa e poi seppellito. Tutt'intorno alla bara c'erano candele e fiori.

La mamma si era seduta accanto alla bara aperta ed era assistita dalle figlie. In un angolo della stanza i nipoti avevano tirato fuori i loro giocattoli e stranamente giocavano sottovoce e in modo molto disciplinato.

Sulla porta del salotto i generi salutavano amici e vicini, che volevano far visita alla vedova e piangere il defunto con lei.

Solo le candele tremolanti illuminavano lo scenario quasi irreale. Non era permessa nessun'altra luce. Il mormorio delle preghiere e i singhiozzi sommessi si sentivano fino sulla strada. Alla fine la porta di casa era stata lasciata aperta per consentire a tutti di vedere il defunto ancora una volta.

Le preghiere non potevano essere interrotte. Finchè la bara era ancora aperta c'era il pericolo che gli spiriti rubassero la salma, prima ancora che l'anima del caro Giuseppe salisse in paradiso, condotta dalle preghiere dei parenti in lutto.

Poi giunse il momento in cui Maria dovette lasciare il suo defunto marito e coloro che pregavano per un breve istante molto umano. Nell'oscurità attraversò a tentoni il corridoio fino al bagno proprio accanto alla porta di casa.

Per avere un po' di luce dal lampione, lasciò la porta appena aperta, soprattutto purché era difficile riaprirla se non la si chiudeva delicatamente. Giuseppe non era più riuscito a ripararla.

Arrivò una nuova visita, urtò contro la maniglia della porta del bagno e, un po' irritata per il dolore, la spinse con forza nella serratura.

Maria era in trappola.

Bussò, chiamò, ma nessuno la sentì. Dal salotto risuonavano devoti canti si supplica e Maria sapeva che avrebbe dovuto aspettare finché le preghiere fossero terminate.

Solo quando i canti si fecero più sommessi e si affievolirono in un lieve mormorio, Maria ci riprovò. Bussò, diede un calcio alla porta e chiamò suo figlio più forte che poté.

La gente venuta a far visita si spaventò e si coprì il volto con le mani, come per nascondersi lì dietro. "Oh Dio mio, gli spiriti! Vengono a prendere Giuseppe! Padre nostro non permetterlo, Padre nostro …"

Maria urlò con tutte le forze. "O Dio, non sono uno spirito! Sono Maria!"

Di nuovo bussò forte. "Tiratemi fuori da qui!"

Alla fine Giovannino provò ad aprire la porta del bagno. Quando Maria ritornò in salotto, tutti indietreggiarono e la osservarono con diffidenza. Ogni suo movimento fu studiato e si fece particolare attenzione a come si avvicinò alla bara del marito e a ciò che vi fece.

Si trattava forse di uno spirito? I bambini sollevarono lo sguardo impauriti e lasciarono cadere i giocattoli.

"Giuseppe mio", sussurrò Maria tra i più tristi singhiozzi, "non mi credono!"

I giorni successivi furono ancora più difficili per la povera Maria. Attraverso il velo del dolore percepiva la chiara diffidenza dei vicini, sia in chiesa sia al cimitero. Si facevano il segno della croce quando la incontravano o perfino quando dovevano darle la mano. Si venne a sapere anche che la moglie del fornaio avesse lavato le mani nell'acqua santa dopo aver manifestato il suo cordoglio.

Questo durò un bel po', addirittura parecchi giorni, finché i paesani riconobbero nuovamente in Maria la vedova del defunto Giuseppe.

O forse no ...

Vuoi vedere i morti?

I cimiteri sono dei posti particolari. Questi luoghi di pace e di riposo raccontano moltissimo della vita e della morte della gente d'ogni paese, della visione del mondo e delle tradizioni.

Molti cimiteri italiani sono delle piccole città fatte di ville al di fuori dei confini della città stessa. Anche ad Alberobello, la bella città dei trulli, il cimitero si trova in periferia. Qui non ci sono trulli!

"Devi capire", disse la mia amica Maria, quando la incontrai vicino alla tomba di suo marito. "Nella morte tutti gli uomini sono uguali. Per molti anni i trulli sono stati un segno di povertà. Perciò almeno nella morte la gente voleva avere una tomba normale."

A Recanati ho visto la tomba del gran tenore Beniamino Gigli: una piramide, in cui è esposto un registro per i visitatori e uno schedario su cui si possono scrivere dei pensieri. E' stata un'esperienza molto particolare.

A Milano ho visitato la tomba di Giuseppe Verdi e della sua seconda moglie Giuseppina Strepponi. Quest'ultima giace, meravigliosa e sfarzosa, nella cappella nel giardino della Casa di Riposo, da lui fondata per accogliere i musicisti caduti in povertà. Dalla casa proveniva la musica di Verdi e le voci che cantavano il suo *Va pensiero*.

Faceva venire la pelle d'oca, per dirlo in modo moderno.

Da allora in poi ho visitato i cimiteri italiani e ci ho anche portato gli amici tedeschi, che spesso ne restavano stupiti.

Fu a Manduria. Fuori del paese, naturalmente. Io e mio marito visitammo con due amiche, Anne e Christel, il vecchio cimitero, che ha anche un'ala moderna, come mi è stato detto.

Sul muro del cimitero, a destra e a sinistra del portone, erano state appoggiate delle enormi corone di fiori. Evidentemente il giorno successivo ci sarebbe stato un funerale.

Non conoscevo ancora lo stile moderno delle tombe e desideravo vedere questa parte del cimitero. Anne volle accompagnarmi, mentre mio marito decise di mostrare a Christel la parte antica con le tombe di famiglia simili a delle ville.

Che sorpresa: vicino alle solite tombe in muratura vidi un campo intero con delle specie di urne, tutte dotate di piccole lampadine elettriche.

"Sembra quasi come in Germania", disse Anne.

"Non capisco", risposi. "In Italia le urne sono piuttosto rare. E qui, santo cielo, ce ne sono tantissime!"

Quando il custode venne a vedere ciò che facevano gli stranieri nel suo cimitero, gli chiesi delle urne.

"Ma, signora!", disse divertito, "queste sono tombe normalissime!"

Eravamo stupite e ci chiedemmo come fosse possibile. Le bare stavano forse in piedi?

"No, no, vengono seppellite normalmente. Solo gli spazi delle tombe sono piccoli!"

In altre parole: gli stretti passaggi tra le tombe si trovavano proprio sulla metà inferiore delle casse, sulle … gambe …

Spaventate, cercammo di raggiungere la strada coperta di ghiaia veloci come gazzelle. La sensazione opprimente che s'impossessò di noi ci fece battere il cuore in modo cupo. Il custode del cimitero ci guardò divertito.

Avrei voluto fuggire via, tanto era sgradevole l'intera faccenda. Ma mio marito e Christel non erano ancora tornati dalla loro passeggiata. Ringraziai il gentile italiano per la sua spiegazione e mi diressi in tutta fretta verso l'uscita. Potevamo benissimo aspettare gli altri in macchina.

"Signora, Le interessano le nostre tradizioni e la nostra vita ?", chiese l'uomo con un leggero sorriso.

"Certo, molto", risposi.

"Beh", ricominciò e ci squadrò da capo a piedi prima di aggiungere: "Volete vedere i morti?"

Il mio sconcerto fu indescrivibile. Mi girai verso Anne che non parlava italiano. "Vuoi vedere i morti?"

"Sì!"

"Oh Dio mio!" Questo non me lo sarei mai aspettato.

Più tardi Anne ammise che pensasse a delle riesumazioni o qualcosa di simile. Il simpatico custode del cimitero ci condusse in una cella frigorifera in cui si trovavano due casse da morto aperte.

"Domani compiranno il loro ultimo viaggio", disse con compassione, ma senza pathos. "Erano brave persone!"

Diedi un'occhiata con molta cautela. La mia macchina fotografica, di solito molto attiva, restò a riposo. Sarei sembrata molto irrispettosa, se avessi scattato delle foto.

Nella prima bara giaceva un'anziana signora, che sembrava una bellissima bambola di altri tempi. Aveva l'aspetto curato, era ben pettinata e il suo capo sembrava riposare sul cuscino di pizzo. Il suo abito nero di tessuto pregiato, con un colletto di pizzo al tombolo, mostrava chiaramente che la defunta proveniva da una famiglia agiata. Le mani giunte erano posate su una coperta di seta ricamata. Intorno alle dita delicate era attorcigliato un rosario. Un velo sottile steso su tutta la bara le conferiva un senso di isolamento, un'intimità che mi sembrò quasi di disturbare.

Nella seconda cassa da morto giaceva un'altra anziana signora, che probabilmente non era molto più anziana, ma lo sembrava. Il suo corredo era molto semplice. Il volto sembrava afflitto anche nella morte. Doveva aver sofferto molto. Le mani sciupate, con le unghie troppo corte, sembravano aggrapparsi allo scialle di cotone. Non c'era velo. Era esposta alla nostra curiosità e mi fece una pena infinita.

"Vorrei andar via", dissi con voce roca e trattenni le lacrime.

Poco dopo eravamo seduti in auto, in viaggio verso il ristorante in cui avevamo prenotato un tavolo per la sera. In realtà non avevo più fame. Pensavo alle due defunte, alle loro vite così diverse.

E pensai alle parole della mia amica Maria di Alberobello: "Nella morte tutti gli uomini sono uguali!"

Forse solo dopo la sepoltura …

Olivo

Alto e possente, rugoso e nudoso,
spaccato e incurvato,
color oliva sulla terra color rosso intenso
in primavera illuminato da sole
nel verde caldo,
poi olivo argenteo
fin dove arriva lo sguardo,
lievemente stormisce, sussurra,
bisbiglia, fruscia
colmo di promesse nel vento.

Le verdi gemme, chiare e delicate,
meraviglia in fiore di un bianco affascinante,
robusto e verde il frutto
che risplende scuro e maturo.
Un albero della vita, pieno di forza,
che tutte le tempeste,
tutti i tempi con energia sfida.
Un albero sacro,
che ancora e sempre rifiorisce.

E dona nuova vita…

Evviva Marina -
il monumento su cui gli animi si dividono

Ogni città portuale ha un monumento alla Marina, vero? A Taranto ci sono due marinai che formano con le braccia una W e con le gambe una M.

Mentre ammiravo il monumento, mi rivolse la parola un anziano signore.
"A chi somiglia?", mi chiese e subito lui stesso rispose con un sogghigno malizioso: "Mussolini! E' lui che l'ha voluto così. E come si chiama il monumento?"
Questa volta fui più veloce io: "Evviva Marina!"
Con disprezzo il vecchio sputò fuori: "Evviva Mussolini!"

Se ne andò via sogghignando, lasciandomi un po' perplessa e molto dubbiosa.

Ma questo Mussolini che ha fatto per la città?

Istantanea: Puglia magica - una terra come un sentimento

Sulla strada per Alberobello costeggiamo il mare di Taranto: litoranea bella.
C'è una splendida spiaggia di sabbia bianca, baia dopo baia, circondata da massicce rocce grigio-nere erose dalle tempeste invernali, dimora di innumerevoli ricci di mare.
E poi lo sguardo sprofonda in questo blu infinito, limpidissimo e trasparente, un acquerello sul fondale di sabbia bianca, più scuro in profondità e fino all'orizzonte, una promessa blu in tutte le sfumature fino al turchese sulla misteriosa fauna sottomarina.

Puglia, dove il colore è natura e la natura è colore: questo pubblicizza l'associazione turistica della regione.

Tuttavia questo slogan non rende affatto l'idea di ciò che allieta occhi e anima in questi primi giorni di maggio, caratterizzati da rara bellezza cromatica.
Il cielo su di noi appare di quel blu intenso, che ci ha già permeati vicino al mare, come pure questa carezza dei raggi solari così deliziosamente caldi, di cui non ci si sazia mai abbastanza. Bisognerebbe catturarli e conservarli insieme a tutti questi colori ...

Sulle colline delle Murge Tarantine, che vediamo già ampiamente dinanzi a noi, il blu sbiadisce e diventa biancastro, finché non lo raggiungiamo e il bianco latte si sposta nuovamente davanti a noi.

Taranto, l'antica Tarentum, la capitale della Magna Grecia nella penisola italiana, ha perso già da tempo il suo grande lustro e si dà da fare energicamente per acquisirne di nuovo, il che sembra senza senso se si considerano le torri d'acciaio e i maleodoranti gas di scarico dell'ILVA, quella fabbrica di acciaio che era pane e morte per la città già come Italsider.

Lasciamo la città alle nostre spalle e aggiriamo l'idillio pittoresco del Mar Piccolo con i suoi allevamenti di mitili e con la veduta del vecchio Arsenale con le navi da guerra, e dell'isola della città vecchia con il porto dei pescatori.

Anche qui troviamo colore puro insieme a un fascino malato, gli allevamenti di mitili ordinati e i resti di una barca dalla vernice scrostata di colore blu, non completamente affondata.

Prati di un verde acceso con splendidi fiori bianchi e gialli, da cui all'improvviso spunta un rosso fiammante, attirano il nostro sguardo. Cuscini di fiori dall'aspetto vellutato invitano ad accoccolarvisi lietamente, a sognare …

Qualche fogliolina di color verde pallido, che giorno per giorno acquista forza, colore e grandezza, si arrampica attorno alle viti ancora gracili. Tuttavia, proprio qui la nuova vita appare ben presto in modo prorompente. Già ora s'intuisce come sarà quando foglie robuste proteggeranno i numerosi grappoli …

Scuri, non argentei come nella tarda estate, sussurrano misteriosamente nodosi ulivi secolari nel lieve venticello primaverile e tutt'intorno si susseguono i papaveri, nuovi, giovani, incantevolmente rossi, sotto gli ampi rami e si diffondono formando un romantico tappeto sulla odorosa terra rossiccia.

Colore, fin dove giunge lo sguardo, seducente meraviglia floreale in tre varietà di giallo, diverse sfumature di rosso, dall'arancio fino al bordeaux e al violetto, bianco e blu e verde …

La terra si protende verso il sole, gli uomini così come gli animali e le piante. La vita si risveglia dal letargo invernale tornato nei giorni troppo freddi di aprile, la vita si risveglia per poi sprofondare di nuovo nel torpore nel cocente caldo estivo, quando la bellezza colorata della primavera lascia il posto al pallido giallognolo sporco della stagione calda.

La vista di Martina Franca, un altopiano, sulla valle d'Itria, ci trasporta definitivamente in un paese di fiaba.

Come sul bordo di un cratere troneggiano sulle colline piccole località romantiche: Locorotondo, Cisternino, Ceglie Messapica, con un'ampia vista dei bianchi coni dei trulli, che, sparsi già da più di cento anni su questo misterioso pezzo di terra, sembrano ammiccare, come intuendo la nostra incredulità, questi monumenti di pietra pieni di vita che attirano, seducono, invitano, promettono ...

Attraverso la terra dei trulli, delle leggende e delle storie divenute realtà, ci rechiamo ad Alberobello persi nei nostri pensieri. Dimentichi della realtà, accarezziamo con occhi e anima, con ogni fibra del nostro essere questa terra, che ci ricolma di doni, dal bianco dei trulli al blu intenso del cielo. Respiriamo quest'aria, questo misto di mare e fiori, fino a sembrare quasi ebbri.

Potessimo portare un pezzo di questo paradiso di pace nella nostra fredda razionale quotidianità ...

La corona di Puglia

Non ci sono parole per descrivere le mie sensazioni alla vista di Castel del Monte, la residenza di caccia di Federico II. Smisurato e semplice nella sua bellezza, il castello si erge sul monte dinanzi a noi. Come una meraviglia. Giallo oro splendente al sole.

Avvicinandomi, provo una strana sensazione alle ginocchia: mi tremano le gambe al pensiero di essere vicina ad un meraviglioso pezzo di storia.

Con profondo rispetto salgo gli ultimi gradini verso l'ingresso. Torno indietro per girare attorno all'ottagono nell'abbagliante luce solare.

Si ha un'ampia meravigliosa visione della terra circostante, allo stesso modo da ogni punto, da ogni pietra, da ogni finestra.

Le dimensioni del castello sono impressionanti. Otto torri, ciascuna ottagonale, conferiscono all'imponente costruzione una certa eleganza. Possente leggerezza ...

Eccitata e con il cuore palpitante torno all'ingresso, non posso più aspettare di entrare nel castello.

Qui devono essere stati festeggiati dei matrimoni. Nelle stanze fredde e vuote devono aver vissuto e atteso la morte i figli di Federico. Bene e male, potenza, splendore, perdita di potere, morte e dolore sono qui presenti e quasi percettibili.

Federico II, l'uomo di Puglia, amante tedesco della Puglia, signore del paese, probabilmente non ha mai visitato la sua residenza di caccia.

Le stanze hanno pianta trapezoidale, il che conferisce loro un aspetto particolare. La mostra a pianterreno mi affascina. La storia di Federico e della sua famiglia, la storia di questo castello oscuro e così emozionante mi catturano, come un tempo i figli del grande Federico, che vissero qui in crudele prigionia ...

Lo scorcio ottagonale di cielo sul cortile ottagonale con la meridiana invita, con la sua scarna bellezza, a non soffermarsi troppo. I balconi del primo piano attirano maggiormente. Essere principessa per almeno una volta ...

In me si susseguono sentimenti inesprimibili che mi tolgono quasi il respiro alla vista del cielo e delle mura levigate. I figli di Federico hanno mai rivisto il cielo dopo la loro reclusione? Forse lo scorcio ottagonale dal cortile ...

Improvvisamente non voglio più essere principessa. Congelo al sole.

Da qualche tempo non riesco più a salire bene le scale, mi viene il fiato corto, dopo alcuni gradini ripidi ho bisogno di fermarmi e di bere un bicchier d'acqua. Tuttavia, mi attira sempre questo primo piano, da cui si gode una splendida vista sulla terra, dove i sogni sono vicinissimi.

E ad ogni visita nel 'mio' castello non voglio rinunciare a questa vista e al contatto con la storia nel piano superiore, l'ex piano nobile, nonostante lo sforzo che mi procurano i gradini alti e irregolari.

Ce l'ho fatta ancora una volta. Completamente distrutta siedo sul sedile di pietra e boccheggio come un pesce fuor d'acqua. Per fortuna ho la mia bottiglia d'acqua in borsa.

Una famiglia italiana mi si avvicina molto preoccupata. La figlia, una ragazza graziosa di circa vent'anni, mi rivolge la parola. "Signora, non sta bene?"

"Non è nulla", rispondo a fatica e cerco di sorridere. "La scala era così faticosa."

La ragazzina è sconvolta. "Ma signora, perché si affanna su questi orribili gradini, se le fa così male? Qui non c'è nulla da vedere!" E il resto della famiglia annuisce.

Nel frattempo mi sono ripresa un po', riesco a parlare di nuovo normalmente e non devo più stare seduta mezza accasciata sul sedile di pietra.

"Niente da vedere?" Mi alzo e indico intorno. "E' vero, qui non ci sono mobili. Ma non vede le colonne, la forma delle stanze, i resti di splendide decorazioni, i caminetti … Se chiude gli occhi non sente il crepitio del fuoco, il fruscio degli abiti, non vede le coppie stupende che s'incontravano qui per la caccia? O vede forse perfino i figli di Federico, che vivevano qui imprigionati?"

"Lei vede tutto ciò?", chiede il padre e mi guarda fisso, come se all'improvviso venissi proprio da quel tempo passato.

"Se s'interessasse un po' della storia di Federico, vedrebbe Castel del Monte in modo totalmente diverso", rispondo. "Ogni pietra racconta di quel tempo, ogni pietra è viva, per lo meno per me."

Di nuovo mi guardano increduli. E' un bene che non sappia leggere i pensieri della famiglia italiana! Di certo mi reputano una tedesca svitata!

"Come fa a sapere così tanto del castello?", chiede la ragazzina.

"Già a casa ho letto molto e mi sono occupata del grande imperatore. E poi qui alla cassa c'è un opuscolo guida che si può prendere in prestito. Ogni singola stanza vi è illustrata dettagliatamente. Ha visto il bagno? Intendo non quello di allora. E' su questa scala! Perfino a questo si è pensato durante costruzione!"

In realtà non l'hanno visto, non se ne sono accorti. Ci sono solo semplicemente passati davanti.

La famiglia ringrazia e poco dopo vedo che torna a fare il giro con la guida. Quando la ragazzina mi fa cenno, sono sicura che i suoi sogni di principessa somigliano ai miei. Non dimenticherò mai il sorriso riconoscente della ventenne e l'evidente ammirazione del padre.

Anche noi seguiamo di nuovo le tracce dell'uomo che fece costruire il castello, ma che non vi ha mai abitato. Tuttavia ho la sensazione che il suo spirito abbia trovato qui una dimora e che ci accompagni passo per passo come un amico, che ci mostra con orgoglio la sua casa ben riuscita. E non solo: l'imperatore ci invita a tornare – nella sua epoca?

Ecco la sua sala del trono, il panorama attraverso sudici vetri opachi, la cui sporcizia fa apparire il paesaggio misterioso attraverso un velo lattiginoso, ecco i caminetti fuligginosi, il rosso delle colonne di marmo, i resti dei mosaici, delle decorazioni murali …

Non riesco a vedere abbastanza, a racchiudere tutto in me, a sognare. Federico mi è così vicino e al contempo lontano. Qui nel suo castello egli è sovrano senza essere presente, senza esserlo mai stato, è capo, ospite e spirito di un tempo trascorso da tanto. Federico è qui, vicino a me ed è come un dono, che ricevo e accetto con profonda gratitudine.

Maestà, accolgo sempre volentieri il suo invito, non mi sazio mai di queste sensazioni, che avverto in tale misura solo qui nel suo castello, questa nostalgia di sole, quiete, gioia, pace, anche se la corona di Puglia ne ha conosciuti solo un po' ...

Tornerò, Maestà ...

La Festa di San Cataldo

Avevamo ospiti. Eravamo stati in giro con dei cari amici tedeschi, avevamo visitato luoghi che non conoscevano ancora. Ah si, la Puglia è così ricca di storia e cultura, di natura e bellezze naturali che ogni visita è sempre troppo breve.

Era l'otto maggio e sulla strada per Taranto raccontai di S. Cataldo, della sua vita e del furto della sua statua. Ne parlammo perché un caro amico festeggiava l'onomastico due giorni dopo, nella giornata commemorativa del santo. Spesso in Italia gli onomastici sono più importanti dei compleanni.

Quella sera, a conclusione della bella giornata, ci fu una cena al canale navigabile, in un ristorante da cui si godeva una vista meravigliosa della città vecchia, se solo la folla di gente l'avesse permesso.

Il traffico era terribilmente caotico per un lunedì sera. Si frenava e si accelerava ma nulla si muoveva. Un segnale stradale dava indicazioni: il ponte girevole, il famoso ponte girevole, era aperto, eccezionalmente così presto.

Non pensai molto a quale potesse esserne la ragione, sebbene fossero state saggiamente rinviate alla notte le ormai rare aperture, in modo da ridurre il conseguente collasso del traffico. Fui felice di poter mostrare ai nostri amici anche questo spettacolo eccezionale.

Ci facemmo strada, con piccoli espedienti e una buona conoscenza del posto, fino alle vicinanze del ponte. E mentre il mio povero marito continuava a girare in tondo nella speranza di trovare un parcheggio, mi affrettai con i nostri amici verso il canale, verso il punto da cui si potesse vedere meglio l'apertura del ponte, come sapevo e speravo.

E' normale molto movimento all'apertura del ponte, anche nel cuore della notte. Ma quel giorno i tarantini si accalcavano in massa, cosa che dapprima non compresi.

"La processione di San Cataldo", mi spiegò una simpatica signora e un signore si mise a discutere con me della tecnica e delle modalità di apertura del ponte meravigliandosi del fatto che una straniera fosse più informata di lui.

Risata di cuore.

"Purtroppo questa processione non l'ho ancora mai vista", ammisi con dispiacere e sospirai di nuovo. Con così tanta gente, di certo già lì da almeno due ore, non avevo certo alcuna possibilità di vedere qualcosa o di scattare una foto.

"Vieni, devi fare delle foto!"

E fui proprio spinta attraverso almeno tre file di persone fin quasi alla ringhiera. Davanti a me si stringevano alle sbarre di ferro solo due bambine di circa otto – dieci anni. Poiché non sono affatto esile e venivo spinta in avanti, di certo le bambine soffrivano per la mia vicinanza soffocante. Ma non si lamentavano.

La mamma non sembrò preoccuparsene, anzi, nel più bel dialetto tarantino, incomprensibile, mi spiegò cosa stesse accadendo nel canale.

Qualcuno mi spostò davanti, sulla pancia, la borsa, che urtò la schiena della ragazzina.

"Meglio così!", riconobbi. "E' più sicuro!"

Contemporaneamente la gentile mamma mi afferrò energicamente i capelli sulla nuca e mi girò verso quella che secondo lei era la direzione giusta.

"Il santo viene da lì!"

La mia testa volò poi nella direzione opposta.

"E va da quella parte!"

La mia testa tornò nella sua posizione normale e fu spinta in giù.

"Lì arrivano le barche!"

Infatti i primi pescherecci passarono sotto il ponte girevole, che nel frattempo era stato aperto. Tutti erano addobbati e avevano un aspetto meraviglioso. Quasi inevitabilmente cominciai a scattare le prime foto. Poi cercai di raddrizzarmi e di concedere un po' di riposo alla mia schiena, al collo, alla testa e alle povere bambine schiacciati davanti a me.

Tuttavia non avevo considerato la mamma. Seguendo le dichiarazioni della gente dietro di me, mi girò all'improvviso affettuosamente nella direzione in cui dovevo guardare, prego.

E poi arrivò San Cataldo.

Ora non sapevo davvero più dove dovevo guardare prima. La barca era illuminata tutt'intorno. Il santo era stato posizionato su una pedana a poppa sotto una corona di luci ed era rivolto, nella direzione opposta a quella di marcia, verso i pescherecci che seguivano la splendida imbarcazione suonando forte le sirene. Ai piedi della bella statua d'argento sedevano in tutto il loro splendore, il vescovo con tutto il clero.

Quando dai moli a destra e a sinistra del canale risuonò l'applauso incessante, fui consapevole dell'irrealtà dello scenario.

Un attimo dopo il cielo fu illuminato da fastosi fuochi pirotecnici variopinti. Dai muri del castello scendevano scintillanti cascate di luci, che suscitavano negli spettatori esclamazioni di ammirazione e rafforzavano ancor più gli applausi.

E poi tutto finì, i fuochi e la processione. S. Cataldo e il suo seguito avevano raggiunto il Mar Piccolo. Un paio di coni luminosi conclusivi esplosero ancora nel cielo notturno e poi la folla si disperse pian piano.

"L'hai fotografato?", chiese la mamma quasi senza fiato.

"Si", risposi piano e avvertii una commozione che non riuscì a spiegarmi e che aumentò nei minuti successivi, quando passai da un braccio all'altro.

Perfetti sconosciuti, che avrei davvero voluto solo ringraziare per l'esperienza straordinaria che mi avevano regalato, mi ringraziavano per il mio interesse nei confronti della loro città.

"San Cataldo ci riunisce tutti", mi spiegò l'uomo che aveva discusso con me della tecnica di apertura del ponte.

"Lo ringrazierò", risposi commossa. "Accenderò una candela per tutti."

E lo feci quella sera stessa.

Tra l'altro, le dolci ragazzine sopravvissero allegramente alla mia 'pressione'.

Notte di Ferragosto

Finalmente vacanza!
Si, era davvero ora di riposarci, di non fare proprio nulla, di distendere le gambe e far rilassare l'anima. E l'inizio del più bel periodo dell'anno non aveva ancora avuto nulla che fare con le vacanze deliziosamente pigre.

Con l'accompagnamento musicale della discoteca del vicino paradiso del nuoto avevamo pulito la nostra casetta, lavato le tende e sottoposto a grandi pulizie tutto ciò che si era impolverato, aspettando per tutto il lungo inverno il nostro lieto ritorno.

Intanto s'era fatta sera, il 14 agosto, la casa era linda, le nostre bandiere, quella italiana e quella tedesca, sventolavano al vento della sera sui pennoni improvvisati e noi avevamo piacevolmente dimenticato ciò che si poteva inventare nella nostra piccola cucina. Un buon vino completava il pasto.

Volevamo vedere il giallo in televisione? Cominciava un po' più tardi, perciò avevamo tempo per programmare il giorno successivo. Ferragosto, una delle festività più importanti in Italia, la festa in cui nessuno deve restare solo e ognuno deve festeggiare con la famiglia o gli amici, il giorno in cui le autostrade diventano un infinito mostro puzzolente, dalle cui grinfie si riesce a fuggire solo dopo ore; l'inizio delle vacanze per molti lavoratori italiani, il giorno dei gitanti, dei villeggianti, degli amici di picnic ...

Era ovvio che in questo giorno non volevamo né potevamo andare in spiaggia o al ristorante. Eravamo stati invitati a cena da amici. Avremmo portato qualcosa per il buffet, come si usava qui, qualcosa di italiano e naturalmente anche qualcosa di tedesco: se lo aspettavano sempre da noi. Eravamo contenti per la sera.

Ora potevamo dedicarci al giallo che doveva iniziare alle 22.00 in punto.

E così fu.

Ma con un colpo di timpano italiano dalla discoteca vicina. Il "Buona sera a tuttiiiiii!" ci fece trasalire dallo spavento. Era come se avessero installato un altoparlante nel nostro salotto e avessero alzato al massimo il volume.

Oh si, ci sentivamo più che ben accolti!

Ciò che ebbe iniziò allora ci fece dimenticare il giallo, Non avremmo capito nulla dei dialoghi, né avremmo udito la musica o le voci alte nelle pause pubblicitarie, anche se avessimo alzato sempre di più il volume. Non restava che congedarci dall'ispettore Lynley e dalla sua squadra.

Cosa fosse il volume lo apprendemmo immediatamente dalla discoteca. Il disc-jokey urlò dei suoni incomprensibili al microfono troppo amplificato e l'animatrice invitò con voce stridula a fare dei giochi che non conoscevamo e che il pubblico completamente fuori di sé accolse con un selvaggio urlo di entusiasmo.

"Prontiiii – viaaaa!", urlò e fece partire i concorrenti, per dove poi!

Se all'inizio ci eravamo guardati ancora spaventati, ora prendemmo fiato profondamente per parlarci urlando.

"Non ci ho pensato", ammisi imbarazzata ad alta voce. "Oggi è la notte di Ferragosto!"

"Non fa niente!", urlò mio marito ridendo. "Non possiamo scappare!"

No, né scappare, né guadare la televisione, né leggere, né tanto meno dormire. Il rumore che ci travolgeva, ci toglieva ogni concentrazione.

Più sorpresa e un po' triste che arrabbiata, pensai alle prime vacanze che avevo trascorso su questa costa paradisiaca, ricordai qualche 'notte di ferragosto' e soprattutto la canzone che aveva questo titolo.

> *Notte di Ferragosto*
> *calda è la spiaggia*
> *e caldo è il mare ...*

No, non riuscivo più a ricordare il testo romantico, non con questi bassi che spaccavano tutto né con la voce del disc-jokey che invitava a fare un ballo di gruppo.

Peccato.

"A destra – a destra – sinistra – sinistra – avanti, avanti, avanti ..."

C'era atmosfera di festa, ma dov'era finito il romanticismo?

Verso mezzanotte altri colpi ci spaventarono e ci fecero uscire di casa. Tutt'intorno rimbombava in modo preoccupante. Poi vedemmo in cielo ciò che accadeva attorno a noi tra gli applausi della gente che festeggiava.

Ferragosto, l'Assunzione di Maria, il 15 agosto, l'inizio delle vacanze per molti, bramato ardentemente e atteso impazientemente, veniva salutato con un fuoco pirotecnico eccezionale. Uno? No! Ovunque, dove si festeggiava in privato, nei ristoranti o nelle discoteche, i fuochi esplodevano ora tra l'esultanza degli spettatori nel cielo notturno rischiarato dalle stelle.

Avevamo un posto in prima fila, nel palco e non sapevamo dove avremmo dovuto guardare prima. Ovunque intorno a noi brillavano nell'oscurità stelle colorate, scintillanti, tremolanti, danzanti, rischiaravano il cielo come un dono speciale, bianco, rosso, verde nei colori dell'Italia, come ruote sfavillanti, fiori colorati di lilla e blu e giallo. E lì, d'improvviso nel cielo danzarono dei cuori rossi …

Alla luce scintillante dei fuochi d'artificio scoprimmo l'altro posto nel palco: sul piano dello scivolo d'acqua nel parco acquatico non lontano e ben visibile da casa nostra si accalcava moltissima gente come durante il giorno. Acclamavano le stelle luminose colorate e le girandole e sollevavano continuamente le braccia. Uno strano spettacolo!

Così come la meravigliosa apparizione colorata e scintillante era iniziata, così improvvisamente cessò. Quasi disillusi avvertimmo nello stomaco il bum-bum-bum dei bassi ad altissimo volume dell'impianto musicale.

"Vieni, beviamo un bicchiere di spumante", disse mio marito. "Ce lo siamo meritato!"

Fuochi d'artifico, spumante, notte di Ferragosto …

Il mio romanticismo, tutto personale, era ritornato. Forse tutti questi giovani nella discoteca di fronte avrebbero pensato altrettanto. Se dovevano festeggiare … beh, per me potevano farlo fino a domattina presto!

"Notte di ferragosto, calda è la spiaggia e caldo è il mare …"

C'erano una volta due pini...

Stavano qui, semplicemente,
sulla strada per Pulsano,
custodi all'entrata della vigna,
punti di riferimento nel mio cuore.

Due pini ...

Stavano qui già allora
e in realtà non li scorgevo.
Facevano parte di tutto ciò,
della strada, della vigna, di Pulsano.

Due pini ...

E stavano ancora qui anche
quando ho avuto bisogno della loro forza,
l'ho cercata nei pini
e lì l'ho trovata ...

... nei miei pini ...

Ora qui c'è rimasto solo un pino,
come smarrito all'entrata della vigna,
sulla strada per Pulsano,
compagno dei miei sogni.

Un pino …
Un pezzo di ricordi,
tanti anni di sogni, d'amore, di dolore,
tanti anni della mia vita, più vecchio di me …
Accompagnami ancora, pino, per tanti anni della mia vita …

Il gatto della vicina

Mamma Piera aveva salutato in lacrime il figlio maggiore Antonio, quando era partito per la Germania, dove gli era stato offerto un buon lavoro. Quanto era crudele il destino, che separava Piera dal suo figliolo!

Antonio era meno triste: in questo modo evitava il fidanzamento con Rosaria, che non desiderava, ma che avrebbero voluto appioppargli i suoi genitori.

'Antò' era contento in ogni modo e nella lontana Germania si costruì una nuova vita, felice e libera.

Fu diligente e pronto ad imparare e fece molti più progressi di quanto avrebbe potuto immaginare. Nel giro di tre anni riuscì ad avere non solo un impiego sicuro ma anche una casetta elegante. Il suo tedesco era quasi perfetto ed era il benvenuto nella famiglia della sua ragazza, Silke.

Di tutto ciò mamma Piera non sapeva nulla. Inizialmente fu contenta della piccola somma che Antonio mandava a casa ogni mese. Perciò durante le sue rare visite, lei non faceva molto caso al fatto che egli fosse poco loquace, quando si trattava della sua vita nella fredda Germania.

Mamma Piera ne era stanca. Tuttavia sentiva che c'era qualcosa che non andava nel suo Antonio! Così partì in treno, il che durò un'eternità, per andare a trovarlo. Fino alla sconosciuta Renania tedesca erano ben duemila chilometri!

Antonio fu molto sorpreso di vedere sua madre davanti alla porta. Ovviamente ne fu incredibilmente felice, soprattutto, quando lei scomparve in cucina e con le leccornie che aveva portato preparò un banchetto delizioso.

Durante il pranzo, la madre raccontò che la cara Rosaria aveva sposato il figlio del falegname. "Ma tu non devi essere triste, figlio mio. Luciana, la sorella minore di Rosaria, è molto più carina ed è innamorata di te già da tempo!"

Antonio storse gli occhi e corse via. Doveva lavorare, disse. Quasi disperato si gettò tra le braccia della sua ragazza e le raccontò il suo dramma personale.

Silke, la bionda tedesca dolce, comprese che il suo ragazzo avesse bisogno di un po' di tempo per spiegare a sua madre che non voleva tornare così velocemente nella lontana Puglia e che sicuramente non avrebbe sposato la sorella di Rosaria, Luciana.

"Ci sentiamo per telefono", gli propose lei. "E tu di' solo quando devo venire da te. Non ti preoccupare".

Così la mamma ebbe suo figlio tutto per sé e poté lavorarselo adeguatamente. Luciana lo aspettava, affermò, e lo mise così tanto alle strette che Antonio si sentì soffocare.

Antonio si rifugiava totalmente nel suo lavoro ed era grato per quei minuti rubati che poteva trascorrere con Silke.

Quel preciso giorno accadde qualcosa che fece diventare rossa dalla vergogna mamma Piera, così fine e beneducata. Durante il giorno lei sentì la voce di una donna che urlava ripetutamente qualcosa in tedesco.

"Tinka, ma dove sei? Vieni da me! Micia, micia, micia!"

La signora Piera scosse il capo. Una cosa simile in Germania le sembrò molto strana! Forse perfino sospetta ...

Poi suonarono alla porta e Piera andò ad aprire. Era una signorina molto agitata che le parlò.

"Mi scusi. La mia piccola Tinka è saltata sul suo balcone. E' una '*Katze*'. Per favore, posso prenderla?"

Nella sua agitazione la donna fece un passo verso la signora Piera.

"Ma signora!" L'italiana indietreggiò spaventata e sbatté la porta.

Non servì a molto. La tedesca suonò nuovamente e chiese ancora una volta insistentemente di poter prender la sua gatta – ancora in tedesco. Tuttavia l'italiana era così spaventata, che richiuse la porta una seconda volta.

Dopo il terzo scampanellio sembrò quasi che le due donne volessero litigare sul serio. La tedesca chiamava la gattina e riceveva dall'italiana solo una risposta indignata, che non capiva per niente.

"Non si dice così!", spiegò Piera e cercò di sembrare elegante.

Poi successe qualcosa di inaudito: la vicina spiegò ancora una volta, controllandosi con difficoltà, che cercava solo la sua '*Katze*' e perciò doveva entrare nella casa di Antonio.

Per la signora fu troppo. Allungò la mano, diede alla giovane donna un sonoro ceffone e imprecò pesantemente.

La vicina rimase di stucco. Non capiva assolutamente che cosa stesse facendo infuriare così la signora italiana. Poiché si trattava della sua amata Tinka, non voleva per niente cedere. Tuttavia la porta le fu nuovamente chiusa in faccia.

Fortunatamente Antonio tornò a casa poco dopo. "Antonio, tua madre è una furia!", si sentì dire già nelle scale. "La mia Tinka è seduta sul tuo balcone e lei non vuole mollarla. Mi ha perfino presa a schiaffi!"

Antonio promise alla vicina Karin di risolvere la faccenda ed entrò in casa molto preoccupato. La sua preoccupazione si tramutò di colpo in sbalordimento. Sua madre gli stava preparando la valigia. Camicie e biancheria erano già sistemate.

"Tu non resti un secondo di più in questo luogo di perdizione!", ella urlò in italiano. "Madonna mia, come può una donna abbassarsi in questo modo? Così maleducata!"

"Che cosa è successo?", volle sapere Antonio e innanzi tutto per prudenza fece uscire la madre dalla sua camera da letto. Era quasi sollevato che non avesse trovato nulla di Silke, un piccolo ricordo carino …

"Questa donna!", continuò ad agitarsi la madre. "Viene qua e chiede; scusami, un cazzo!"
"*Eine Katze* …"
"Si, si, un cazzo!"
"No, mamma, *eine Katze*, una gattina!"
"Una gattina?", la signora Piera era sbalordita.
"Una gattina in tedesco si dice *eine Katze*!"
"Non capisco un cavolo", sussurrò la mamma affranta e guardò quasi preoccupata attraverso la porta del balcone.

Intanto Antonio salvò dal balcone la piccola Tinka, un dolce batuffolo di pelo grigio e pregò sua madre di preparare il caffè, ovviamente un vero caffè all'italiana.

"Abbiamo un sacco di cose da chiarire!"

Mezz'ora dopo la signora Piera era seduta di fronte a due simpatiche tedesche bionde e non sapeva dove guardare. Il ceffone era così terribilmente imbarazzante per lei, che salutò Silke molto più affettuosamente di quanto avrebbe fatto con un'amica di suo figlio che incontrava per la prima volta. Naturalmente si scusò con la vicina Karin.

"Ma ora vorrei sapere perché tua madre si è comportata così", disse Karin.

Antonio tradusse e sua madre diventò paonazza.

"La parola tedesca *Katze* suona come la parola italiana – cazzo …", spiegò lui sogghignando divertito.

A Silke andò di traverso l'espresso e cominciò a ridere. "Oh, santo cielo!"

Mamma Piera era diventata tutta rossa e si alzò provando una sensazione penosa. "Credo che andrò a disfare la tua valigia!"

Silke la seguì ridendo. Il suo italiano era abbastanza corretto da riuscire a comunicare con la mamma di Antonio e fare amicizia con lei.

"Antonio, fammi capire bene", chiese Karin allora.

"Beh", cominciò lui sogghignando. "In Germania ci sono numerosissime parole più o meno volgari per indicare una certa parte del corpo maschile. In Italia, quando non si è proprio una vera signora, si dice volgarmente cazzo!"

Anche a Karin andò di traverso il caffè!

Quando il giorno successivo mamma Piera tagliò la corda in treno, Silke e Karin la accompagnarono alla stazione, poiché Antonio doveva lavorare.

I saluti furono molto affettuosi e si conclusero con molti abbracci tutti italiani e con un invito. Silke e Karin dovevano trascorrere le vacanze in Puglia.

"Ci veniamo volentieri e portiamo con noi anche Antonio", promise Silke e abbracciò Piera ancora una volta con particolare affetto. "Ma per favore, mamma Piera, ritorni presto in Germania! Saremo felici di mostrarle il nostro Paese."

Mamma Piera partì soddisfatta.

Durante il lungo viaggio di ritorno in Puglia lei ripeté più volte diligentemente le poche parole tedesche che ricordava. In particolare una:

"Katze, Katze, Katze …"

E poi sorrise amichevolmente ai compagni di viaggio italiani che le rivolgevano sguardi perplessi se non sciocccati.

Come ordinare spaghetti e ricevere un piccione

Le vacanze erano finite e stavamo tornando in Germania e questo non faceva piacere a nessuno. Saremmo rimasti volentieri il doppio del tempo nella Puglia così ospitale.

Era stato faticoso smontare la tenda e sistemare tutto in auto, in modo tale che i miei genitori potessero affrontare il viaggio comodi davanti e io e la mia amica turca più o meno comode sul sedile posteriore.

Mia madre si era affaticata molto. Durante il viaggio le venne l'emicrania, che cercò di tenere sotto controllo.

Avevamo superato Roma e dall'autostrada ci dirigemmo verso Amelia, un posto romantico a ridosso della montagna. Ci dirigemmo subito verso il primo albergo. Era ora di cena e di sdraiarsi su un letto comodo. Soprattutto mamma aveva bisogno di riposarsi.

Eravamo stati attirati dall' *Albergo Anita* . Finché non ci avvicinammo all'ingresso. Mio padre indietreggiò spaventato.

Dinanzi alla porta la proprietaria, Anita, era seduta su tre sedie, sì, avete letto bene, su tre sedie, aveva una voce cupa e roca e la barba notevolmente cresciuta.

"Ho bisogno di un letto!", disse mamma piano e chiaramente sofferente.

Perciò chiedemmo delle stanze. Ayça e io scomparimmo nella nostra ridacchiando e ci affrettammo a ricomparire subito nella sala da pranzo, sempre ridacchiando, com'era normale per delle ragazze di appena sedici anni.

Mamma non era più in grado di leggere il menù e lasciò a mio padre il compito di scegliere le pietanze. Noi ragazze desideravamo tanto una pizza margherita e non capivamo che i miei genitori volevano prendere qualcosa da quella lista di piatti illeggibili e incomprensibili.

"Niente uccelli!", decise mamma.

"Neanche io ne voglio", rispose mio padre irritato. In fondo egli aveva prestato servizio durante la guerra in Italia, come diceva con aria di condanna, e aveva così imparato l'italiano.

"Sì, sì, 'signor Infinitivo'!", malignai io.

"Comunque la cosa essenziale è che riesco a capire ciò che sta scritto sul menù!", stabilì papà. Ma non funzionava. Non capiva nulla! "Si può anche chiedere!", concesse in alternativa.

E poi ci fu il dialogo seguente con la cameriera. Mio padre indicò un piatto: "Questo è chicchirichì?" e cantò come un gallo.

Fu difficile restare seri.

"No", rispose la cameriera.

"Questo è qua qua qua?" e starnazzò come un'anatra e noi riuscimmo a controllarci a malapena.

"No!" La cameriera scosse il capo in modo inequivocabile.

"Mh", fece mio padre riflettendo. Poi cominciò a muovere le braccia come se fosse un uccello. "Questo fa così?"

Io e la mia amica scoppiammo in una sonora risata, papà era troppo ridicolo! La cameriera scosse nuovamente il capo energicamente, stavolta senza dire una parola.

"Va bene", disse mio padre sempre con diffidenza e sollevò due dita. "Due porzioni, ma con gli spaghetti!"

La cameriera scappò via come se il diavolo la inseguisse.

Poi arrivò la nostra cena tanto attesa. La pizza aveva un aspetto fantastico, aveva un ottimo profumo ed era una vera tentazione. Al contrario i piatti dei miei genitori avevano un aspetto sinistro e uno strano odore.

Mamma era totalmente sciocccata. "Ma questo è un uccello!", urlò e rabbrividì.

"Si, si, Signora, un piccione, una colomba, buono!"

"Una colomba", sussurrò mamma con orrore. "Oggi non posso neppure assaggiarla! La mia testa …"

Mio padre era impallidito. Non pensò neppure per un attimo se assaggiare o meno quell'esserino che troneggiava su un nido di spaghetti. "Questo non lo mangio!"

La perplessità per la stupidità degli ospiti tedeschi era stampata in faccia alla cameriera. Con aria di disapprovazione lei portò via i piatti.

La proprietaria Anita comparve trotterellando e propose una bella spaghettata, che mio padre accettò volentieri. Mia madre invece ci rinunciò e si affrettò ad andare a letto. Più tardi giurò e spergiurò che avrebbe assaggiato il piccione, se solo l'emicrania non l'avesse messa fuori combattimento.

L'albergo ristorante Anita esiste ancora e nell'immagine su internet la signora Anita appare più magra di quanto la ricordi io. Prima o poi ci andrò di nuovo, ma di sicuro non mangerò nessun piccione!

- In ricordo di mia madre -

Perché qui sono a casa ...

Essere a casa, vale a dire sentirmi così bene da essere pronta a condividere la mia vita con la gente che mi circonda, con tutti gli aspetti positivi e negativi della vita.

Poter essere a casa, questo è un dono, ma anche un impegno, una responsabilità sociale per tutto ciò che accade attorno a me.

Essere a casa, non è più la vacanza di una volta, troppo breve, naturalmente, il solo gusto di tutto ciò che di meraviglioso è accaduto durante le vacanze. Questa nuova sensazione è così diversa e degna di essere vissuta, un godimento totalmente nuovo, così magnificamente infinito, in una nuova vita insieme.

Sì, sono arrivata nel mio angolo d'Italia, nel mio piccolo paradiso tanto sognato. Nel corso degli anni ci sono stati molti cambiamenti in me, positivi e meno positivi. E di certo ce ne saranno ancora molti altri. Poiché così è la vita, la più mutevole tra tutte le cose.

Pulsano, un tempo paesino tranquillo e all'antica, si svuotò dopo i primi anni di abbondanza, rimase abitato soprattutto da anziani. Per molto tempo ho visto poca gente. Pulsano aveva perso la battaglia contro il vento e il tempo ed era andato in rovina.

Non so dire, quando ci sia stato il momento della svolta, del nuovo cambiamento, il passo verso il futuro. Ad un certo punto mi sono accorta che c'erano di nuovo più bambini, dolci, allegri, scatenati, sfrenati, che giocavano e ridevano. E dove c'erano così tanti bimbi, lì c'erano anche i loro genitori. E le loro case. E le abitazioni più vecchie ...

Pulsano cambiò di nuovo il suo aspetto, s'ingrandì e diventò di nuovo più viva. Negli ultimi anni quante case furono restaurate, rinnovate, ingrandite, abbellite, ricostruite o demolite e riedificate! E quante volte, in tutto questo tempo, ho desiderato avere una casa con un giardino pensile da cui poter osservare e condividere questi cambiamenti e innovazioni! Forse persino con vista sul mio mare ...

Sento che qui sono a casa anche perché desidero sapere di più e partecipare alla vita quotidiana e culturale, perché comincio a gustare in modo particolare gli aspetti belli si questa nuova vita e cerco di lavorare su quelli meno belli e di trovare delle soluzioni. Amo incontrare la gente, i conoscenti, gli amici. Non cerco di sfuggire.

Vivo qui per una gran parte della mia vita, qui a Pulsano, che da tempo è diventata una specie di città dormitorio per la 'mia' Taranto.

Essere a casa, cioè vivere qui con il corpo e con la mente, ridere, piangere, soffrire, lottare e ... vivere.

Essere a casa, cioè sentirmi al sicuro, sentirmi in armonia con me stessa e con la vita, essere felice.

Qui sono felice. Italia, Puglia, Taranto, sì, sono arrivata nella mia seconda patria …

L'Indice

1. Andare a casa — 6
2. Tu sei la mia isola — 9
3. Laggiù — 10
4. Problemi linguistici — 13
5. Italia pura — 16
6. Vidi — 20
7. Ti amo Italia — 21
8. Dr. Maggi — 23
9. Ficchidindia — 25
10. La storia dell'acqua — 30
11. Mozzarella – chilo per chilo — 33
12. Il profumo dei mercati — 37
13. Nostalgia di sole — 41
14. Ospitalità — 42
15. La nascita del tesoro di papa — 46
16. Bocciata come nuora — 49
17. Desiderio di sicurezza — 53
18. La Guardia di Finanza – Uno Scherzo Italiano — 57
19. Attendere — 61
20. Statte — 63
21. L'Acquisto degli occhiali — 65
22. Lo spirito della nonna — 68
23. Un brindisi agli sposi — 72
24. Finito — 78
25. Incontro con l'altro mondo — 79
26. Gli spiriti che non ho mai evocato — 81
27. Vuoi vedere i morti — 84
28. Olivo — 88
29. Evviva Marina — 90
30. Istantanea — 91

31.	La corona di Puglia	95
32.	La festa di San Cataldo	100
33.	Notte di ferragosto	104
34.	C'erano una volta due pini …	108
35.	Il gatto della vicina	110
36.	Come ordinare spaghetti e ricevere un piccione	115
37.	Perché qui sono a casa	118
38.	L'Indice	121